То Заключеннй Тишина

Translated to Russian from the English Version of

The Prisoner's Silence

Варгезе против Девасии

Ukiyoto Publishing

Все глобальные права на публикацию принадлежат

Ukiyoto Publishing

Опубликовано в 2023 году

Авторское право на контент © Varghese V Devasia

ISBN 9789358466713

Все права защищены.
Никакая часть этой публикации не может быть воспроизведена, передана или сохранена в поисковой системе в любой форме любыми средствами, электронными, механическими, копировальными, записывающими или иными, без предварительного разрешения издателя.

Были заявлены моральные права автора.

Это художественное произведение. Имена, персонажи, предприятия, места, события, локализации и инциденты либо являются плодом воображения автора, либо используются в вымышленной манере. Любое сходство с реальными людьми, живыми или умершими, или реальными событиями является чисто случайным.

Эта книга продается при условии, что она не будет предоставляться в виде обмена или иным образом, перепродаваться, сдавать внаем или иным образом распространяться без предварительного согласия издателя в любой форме переплета или обложки, отличной от той, в которой она опубликована.

www.ukiyoto.com

признание

Мое вдохновение для написания этого романа появилось, когда я исследовал двести двадцать пожизненно осужденных в Центральной тюрьме Нагпура. Это было болезненное осознание того, что некоторые из них не совершали преступления, в котором их обвиняли, поэтому, покинув свои семьи и подвергнувшись тюремному заключению, они подверглись невыразимым страданиям. Тюремные чиновники знали, что пара заключенных, повешенных на виселице, были невиновны и умерли за чужое преступление; следовательно, они потеряли свое право на жизнь из-за обмана. Они были безгласными и забытыми людьми в обществе, главным образом адиваси, далитами и меньшинствами. Таким образом, в значительной степени система уголовного правосудия в Индии оставалась обманом. Двое заключенных, с которыми я познакомился в Центральной тюрьме Каннур, заставили меня переписать то, что я узнал об Уголовном кодексе Индии, Уголовно-процессуальном кодексе и Законе о доказательствах.

Я посетил почти все тюрьмы в Махараштре, некоторые в Керале, Тихар в Дели и несколько в Тамилнаде и Андхра-Прадеше. Я благодарен тюремным служащим за то, что они приняли меры для того, чтобы я мог встретиться с пожизненно осужденными в этих тюрьмах.

Джиллс Варгезе, человек с утонченным чувством эстетики и справедливости, прочитал рукопись; я благодарен ему за научные и философские комментарии. Я в долгу перед Хосе Люком за его ценный обзор. Шримайи Тхакур из издательства White Falcon проделала великолепную работу по редактированию книги; я благодарен ей.

ТО

Безымянные, безгласные и лишенные друзей
осужденные были повешены

на перекладине за чужие преступления.

Размышление о человеческом существовании, "*Молчание заключенного*" высвечивает страшное лицо закона, политики, религии и Бога - основных источников порабощения, ведущих к виселице. Человеческая или божественная сила возникает из насилия и подчинения, расцветает благодаря лести и приобретает святость благодаря раболепию. Глубоко философский, пронзительно психологический, заманчиво гуманный и универсально социологический, роман - это краткое описание человеческого рабства, конфликтов, отчуждения и ожидания.

Хосе Люк, Калькутта.

"Молчание заключенного" - экзистенциальный, интерсубъективный роман о двух осужденных на смерть, но оба противостояли Богу.

Тома Кундж был невиновен, что является онтологическим противоречием человеческого бытия. Лишенный основных прав, он понял, что эти права принадлежат могущественным, богатым и влиятельным. Он боялся и не знал законов и хранил глубокое молчание в суде, тюрьме и на виселице, поскольку был один.

Разак тоже был один. В тринадцать лет он сбежал из Кералы и был кастрирован Мухаммедом Акимом, плантатором финиковых пальм в оазисе в Саудовской Аравии, чтобы служить в гареме Акима. Разак сбежал после девятнадцати лет террора и вернулся в свою родную деревню. Его самым большим разочарованием было то, что он не смог спасти пакистанскую девочку Амиру, которой было одиннадцать лет, когда он впервые встретил ее в Зенане. Они любили друг друга и хотели сбежать и жить вместе. Несмотря на то, что он не мог заниматься сексом, он жаждал общения с Амирой, и она была согласна. В Поннани Разак женился на девушке из Каликута, скрыв тот факт, что он импотент. В течение года он убил свою жену и ее любовника мечом Малаппурам.

Разак спросил Аллаха, почему он позволил Мухаммеду Акиму кастрировать его. Он хотел отомстить Акиму и Аллаху; единственным вариантом было эволюционировать, как Аким.

На виселице Тома Кундж в маске услышал слабый крик Разака, страдание человечества, но бесстрашный вызов Аллаху.

Глоссарий

1. Абайя (арабский): платье, похожее на халат, которое носят женщины в арабском мире.
2. Аль-Джахим (по-арабски): Ад.
3. Арак (арабский): дистиллированный спирт.
4. Акки Отти (Кодагу): пресная лепешка из вареного риса и рисовой муки.
5. Бахия (арабский): Великолепная девушка.
6. Чеммин (Малаялам): знаменитый роман Таказа на малаяламе и одноименный фильм на малаяламе.
7. Гарара (хинди/урду): традиционное платье, которое носят женщины в Индии и Пакистане.
8. Гурсан (арабский): тонкий хлеб с мясом.
9. Харам (арабский): Запрещено.
10. Гарем (арабский): дом для наложниц полигамного мужчины.
11. Хури (арабский): Девственница, которая ожидает верующего мужчину в раю.
12. Иблис (арабский): предводитель дьяволов.
13. Джаханнам (по-арабски): Ад.
14. Джалама (арабский): блюдо из мяса ягненка.
15. Джанна (арабский): Рай, Рая.
16. Кафир (арабский): отступник, неверующий.

17. Хамр (арабский): Вино.
18. Худа (урду): Господь, Аллах.
19. Лакшман Рекха (санскрит): Правило яркой линии.
20. Магриб (арабский): Северо-Западная Африка.
21. Машак (арабский): мешок для воды, сделанный из козьей шкуры.
22. Машрабия (арабский): Традиционная архитектура в исламском мире.
23. Машрик (арабский): восточная часть арабского мира.
24. Мофата-аль-даджадж (арабский): традиционное блюдо из курицы с рисом басмати.
25. Мулхид (арабский): атеист.
26. Наваб (хинди/урду): вице-король Великих Моголов или независимый правитель в Британской Индии.
27. Падачон/Padachone (малаялам): Создатель.
28. Пода Патти (малаялам): Убирайся, негодяй.
29. Поромпокку (Малаялам): Неиспользуемые государственные земли вблизи дорог, железнодорожных путей и т.д.
30. Сагван (арабский): Тиковое дерево.
31. Шамбок (арабский): Тяжелый кожаный хлыст с острыми металлическими наконечниками.

32. Теммади Куджи (Малаялам): Уголок грешников на церковном кладбище.
33. Ту Кахан Хай (хинди/урду): Где ты?
34. Умма (малаялам): Мать.
35. Вешья (малаялам/санскрит): Проститутка.
36. Яджиф Джайдан (арабский): Сухой колодец.

содержание

ТИШИНА 1

КЛЕТКА 44

ПАРАД 87

ЧЕРНАЯ ТКАНЬ 128

ВИСЕЛИЦА 169

ПЕТЛЯ 215

ОБ АВТОРЕ 239

ТИШИНА

Послышались тяжелые шаги, похожие на свист гильотины, которая отрубала головы свиньям на скотобойне Джорджа Мукена, и Тома Кундж сосчитал их, прижимая левое ухо к полу камеры; предупреждение о том, что виселица для него готова. Его мать, Эмили, отказалась сделать ему аборт; тем не менее, двадцать четыре года спустя судья принял решение подвесить его за шею, пока он не умрет. Тома Кундж никогда не знал, что судья был его биологическим отцом.

Ему было тридцать пять, он был здоров и вменяем.

Звуки были отчетливыми: пять человек, четверо хорошо сложенных, в сапогах, и крошечный человечек, вероятно, в сандалиях. Тома Кундж ждал их целый год, когда президент отклонил его последнюю апелляцию. Он проспал в тишине до трех, а когда проснулся, попытался вслушаться в мельчайшие звуки ночи. Как правило, казни проводились ранним утром, около пяти. Каждую ночь с трех до половины шестого он ожидал услышать шаги.

Поскольку тюрьма располагалась на ста акрах земли и значительно удалена от главной дороги,

2 То Заключенні
Тишина

ее окутывала жуткая тишина, как гарем посреди аравийской пустыни. Мохаммед Разак, осужденный на пожизненный срок, рассказал Тому Кунджу о своем опыте в Унайзе в Касиме, где он провел свою юность, и о дьявольской тишине в гареме. Это было на плантации финиковых пальм, принадлежащей Мухаммеду Акиму и его сыну Адилю, где они держали женщин из Малайзии, Пакистана, Ливана, Ирака, Турции, Азербайджана и Египта. Амира, примерно одиннадцатилетняя пакистанка с зеленоватыми глазами и лицом херувима, любила разговаривать с Разаком на урду. Предки ее бабушки и дедушки, навабы из Лакхнау, бежали в Исламабад во время раздела Индии, спрятав золотые листы под своей гарарой. Вероятно, она была самой молодой среди наложниц, нелегальной мигранткой без действующей визы. Но Аким был рад заполучить ее, так как у него было много связей по всей Аравии, и агенты связывались с ним всякий раз, когда появлялись свободные молодые девушки. Как только куртизанкам переваливало за тридцать пять-сорок, Аким продавал их преступному миру, главным образом в Эр-Рияде.

Аким называл свой особняк Машрабия, а каждую докси Бахия - великолепной девушкой.

Это была машрабия в стиле машрик с типичной исламской архитектурой, с закрытым эркерным окном из резного дерева и витражами. Машрабия состояла из трех этажей, и женщины занимали два верхних этажа. Главной обязанностью Разака было подавать еду, которая ему очень нравилась. Ему нравились запахи и звуки, издаваемые женщинами, и их яркие костюмы.

Разак проводил с ними долгие часы, играя в карты. Пение считалось грехом или харамом, но женщины из Египта, Азербайджана и Малайзии пели народные песни, хлопая друг друга в ладоши. Разак часто присоединялся к ним, когда Акима не было дома. Их песни были в основном об историях любви, расставаниях, стремлении вернуться на родину и встрече с любимыми. Они проникли глубоко в сердце Разака и вызвали чувства грусти, огорчения, агонии и разлуки. Разак спел для них песни на малаялам из "Чеммина" и других фильмов.

Обширная плантация финиковых пальм, за которой он наблюдал из эркерных окон, была посажена отцом Акима, который мальчиком приехал из Йемена. Плантация находилась в оазисе, полностью принадлежащем ему, примерно в ста километрах от Унайзы. Аким был его единственным сыном среди двенадцати дочерей от трех жен.

Женщины гарема сплетничали, что отец Акима любил охотиться и проводил много дней в пустыне с друзьями и своим сыном. Во время одной из таких охотничьих экспедиций Аким убил своего сорокавосьмилетнего отца; копье пронзило его сердце сзади, когда он наслаждался жареным на углях мясом газели. Великолепный метатель атлатля, он мог убить арабского тара или орикса одним броском примерно с двадцати метров. Акиму было всего двадцать семь, когда он убил своего отца, поскольку хотел завладеть отцовским поместьем с финиковой пальмой, гаремом и созданным им богатством.

Дважды в неделю Аким ужинал со своими любовницами, и они с нетерпением ждали возможности отпраздновать это событие, съев и выпив все, что им понравится. Хамр, вино, сваренное в Машрабии, подавали с Мофатах аль-даджадж, кусочками курицы, поданными с ароматным рисом басмати, приготовленным с кардамоном, корицей, сушеным лимоном, имбирем и корнями шайбы. В праздничные дни они готовили джаламу - мясо молодых ягнят, приготовленное с луком и смесью специй, главным образом черного перца. Самым любимым блюдом у них был гурсан, тонкий хлеб с мясом, овощами и арак, алкоголь, получаемый из ферментированной пшеницы, изюма и джаггери.

Аким всегда выражал радость при встрече со своими возлюбленными и любил их компанию. Он дарил дорогие подарки им и Разаку всякий раз, когда возвращался из своих зарубежных турне. Путешествуя по Европе и Северной и Южной Америке, чтобы экспортировать финики самого высокого качества, он импортировал новейшее оборудование для своей плантации финиковых пальм, а также древесину гикори, красного дуба и акации для изготовления древков копий. По крайней мере раз в полгода он совершал поездки по разным уголкам Аравии, чтобы покупать девушек и продавать женщин.

Временами он был жестоким и неприступным, и большинство женщин ненавидели его в глубине души. Главным образом по ночам, когда агенты приходили покупать женщин, которым перевалило за сорок, он избивал тех, кто отказывался идти, шамбоком, тяжелым кожаным кнутом, и порка продолжалась долгие часы, сопровождаясь визгом и криками, которые нарушали сон Разака в крошечной комнатке рядом с кухней. Шли годы, Аким заманивал новых девушек за границу, а старые исчезали. Амира появилась в "Машрабии" всего за несколько месяцев до того, как туда приехал Разак, и была любимицей Акима после еженедельных ужинов.

У Акима было две жены, свободные женщины, одна из Йемена, другая из Ирака, и они жили в разных дворцах-близнецах, построенных в магрибском стиле, по соседству с гаремом. Адиль был сыном жены-йеменки, и ему не разрешалось ходить в гарем.

Аким запретил Разаку посещать Магриб.

То Заключенни
Тишина

Разак оставил свою семью в Малабаре, когда ему было двенадцать лет. Агент в Эр-Рияде доставил его в Унайзу, и в течение следующих девятнадцати лет он служил в серале Акима, ни разу не навестив свою семью в Малабаре. Адилю было всего пять лет, когда Разак приехал туда, и они подружились, делили еду, играли вдвоем в футбол во дворе "Магриба", изучали арабский, читали Коран и молились вместе. Тишина в "Машрабии" была пугающей, если не считать женских криков посреди ночи. История Разака мучила Тома Кунджа, и он часто испытывал дьявольскую тишину и спорадические крики внутри своей неподвижности.

Адиль громко плакал, наблюдая, как Аким кастрирует своего друга Разака. Когда Разак был прикован к постели на два месяца из-за гнойных ран, Адиль ухаживал за ним. Когда Адилю исполнилось шесть лет, он снова завопил, когда ему сделали обрезание, думая, что отец кастрирует его и он станет таким же, как Разак. Он был взволнован тем, что все еще остается мужчиной, и начал свои сексуальные контакты с девушками из Ливана в четырнадцать лет. Вскоре Аким отдал половину своего состояния Адилю, который основал свой гарем в другом уголке своего поместья.

Отправляясь на охоту, Аким никогда не брал с собой сына.

Женщины Акима были добры к Разаку. Они дарили ему дорогие шоколадные конфеты, хорошую одежду и духи, а когда никого не было рядом, они страстно обнимали и целовали его и соблазняли поиграть в сексуальные игры, которые им нравились. Много ночей он спал с кем-то, прекрасно зная, что Аким обезглавит его, если поймает. Наложницы заманивали Разака, пряча его в своих развевающихся абаях, и часто одолевали его сексуальными желаниями. Их гибкие тела обладали магнетизмом, необъяснимой энергией. Изголодавшиеся по сексу куртизанки жаждали ласкового, теплого единения с повторяющимися оргазмами. Но их было много, и Разак изо всех сил старался угодить им всем.

Разак вспомнил, как Аким искал его с ятаганом в тот день, когда застукал Разака в постели с куртизанкой из Египта. Подобно дикому леопарду в Рас-Мусандаме, детеныша которого съела полосатая гиена, Аким был в ярости. Кровь капала с лезвия, которое он держал в правой руке.

Под его левой рукой была зажата отрубленная голова египтянина.

- Аллах, - взревел Аким.

В Машрабии царила абсолютная тишина.

"Во имя тебя я принесу в жертву кафира, мулхида", - раздался повсюду крик Акима.

Скорбные причитания женщин наполнили воздух Машрабии; они оплакивали надвигающуюся участь Разака, который спрятался под матрасом, укрытый кучей старой одежды. В течение двух дней он находился там без еды и воды. Стальная катушка под футоном оставила глубокие порезы на его спине.

На третью ночь две женщины спасли его и накормили едой и водой. Они вымыли его тело и нанесли лосьон на спину. Он видел пропитанную кровью одежду в их руках. Сбежать из Машрабии было невозможно, и женщины открыли крышку подвала, прямоугольной катакомбы около восьми футов в длину и шести футов в ширину, со второго этажа до земли без двери или окна, глубиной около тридцати футов. Он был построен, соприкасаясь стенами с двух сторон. Аким называл это Яджиф Джайдан, сухой колодец, Джаханнам, ад для его наложниц. Старая одежда, выброшенные чепухи, абаи, нижнее белье и прокладки были сложены в подвале. Женщины попросили Разака пойти глубже и спрятаться на более безопасной глубине, так как они знали, что Аким вернется с копьем, чтобы пронзить его мозг.

Разак пошел глубже, пробираясь сквозь мусор. Дышать было трудно, и отвратительный запах душил его, но это было приятнее, чем страх смерти. Выброшенные прокладки с засохшей и свежей менструальной кровью покрывали его лицо, и всякий раз, когда он открывал рот, чтобы глубоко вдохнуть, она была горькой на вкус. Он осел на глубине около пятнадцати футов. Кроме того, он бы задохнулся насмерть; видимость была плохой. Давление от верхних нар было слишком сильным, и лечь было трудно. Он стоял относительно прямо, тяжело дыша.

И Аким вернулся на четвертую ночь. У него было копье, и внезапная тишина распространилась по всем уголкам гарема, как утренний туман на финиковой ферме. Тишина была пронзительной до глубины души. Некоторое время он тыкал копьем в подвал сверху, но оно не могло проникнуть вглубь, так как абайи, ночные рубашки, пижамы, нижнее белье и тряпки преграждали ему путь; вытаскивать его обратно было трудно. На наконечнике копья не было свежих капель крови и плоти, поэтому он вернулся, проклиная все на свете, но пообещав приговорить кафира к смертной казни во славу Аллаха.

Копье представляло собой древковое оружие, около семи футов в длину, с древком из дерева гикори; заостренный наконечник был сделан из стали. У Акима была коллекция из более чем ста копий с наконечниками, изготовленными из гикори, красного дуба и акации. Гикори и красный дуб были привезены из Калифорнии, а акация - из Западной Австралии, и все это Аким лично импортировал. Раз в полгода он охотился в пустыне со своими доверенными помощниками на капских зайцев, песчаных кошек, рыжих лисиц, каракалов, газелей и ориксов в течение пяти-семи дней. Кроме копий и кинжалов, они не использовали никакого другого оружия. Экспедиционная команда состояла примерно из двадцати человек, только мужчин, и они готовили пищу и спали в пустыне. Они пили из банок, наполненных араком, и угощались освежеванными животными, целиком зажаренными на дровяном костре сагван.

На пятый день, около полудня, Разак услышал нежный голос; он узнал его; это был голос Амиры. Она спускалась, разгребая мусор, и он услышал, как она зовет его по имени: "Разак, Разак, ту кахан хай?"

У нее была бутылка воды и немного еды. Она вытерла лицо и губы Разака дупаттой, висевшей у нее на шее. - Выпей это, - сказала она, протягивая ему бутылку. Разак медленно выпил его. Едой были бирьяни из баранины. Она разорвала мясо на мелкие кусочки и накормила его пальцами. Маленькая девочка из Пакистана выросла в красивую женщину, но через несколько лет была обречена стать сексуальной рабыней в преисподней Аравии. Из гарема ее перевели бы в бордель.

Как и при кормлении грудью ребенка, Амире потребовалось более получаса, чтобы закончить кормление. Затем она поцеловала Разака в щеки, прижала его лицо к своей груди и обняла его.

- Возьми меня с собой, когда сбежишь отсюда. Я люблю жить с тобой в любой точке мира, пожалуйста", - взмолилась Амира.

Разак посмотрел на нее, но промолчал.

"Это Джаханнам, описанный в Коране; Аким - это Иблис", - продолжила она после паузы.

"Да, Амира", - ответил он.

"Разак, я не верю в Худу, который противный и жестокий. Как мужчина, он ненавидит женщин; он похотлив и создал рай с гуриями, молодыми полногрудыми девушками, для наслаждения мужчин. В Джанне женщины - сексуальные рабыни. Были правдивые истории о изголодавшихся по сексу неграмотных головорезах, которые захватывали женщин всех возрастов после войны или ночных рейдов и насильно выдавали их замуж в аравийских пустынях. Мародеры рубили головы своим людям на поле боя. Они верили, что если умрут за ислам, то попадут в рай к гуриям, семьдесят два из них. Это был отличный соблазн", - сказала Амира, обнимая Разака.

- Женщины - наложницы на земле и гурии на небесах. Аллах создал женщин для удовольствия мужчин", - Амира на некоторое время замолчала, когда говорила.

"Разак, пожалуйста, забери меня, иначе я окажусь в публичном доме где-нибудь в Аравии", - сказала она после паузы.

"Амира, я обязательно это сделаю", - пообещал Разак. Но она, возможно, не услышала его, так как его голос был слишком слаб.

Поднимаясь, Амира посмотрела на Разака.

- Поцелуй подошву моей правой ноги в знак доверия. Я видела, как мой отец тайком целовал ноги своим женщинам", - попросила Амира.

Разак поцеловал подошву ее правой ноги. Она была мягкой и пропитанной менструальной кровью.

"Амира, мы отправимся в Поннани и будем жить как навабы Малабара", - пообещал Разак.

Потом Разак заснул.

На следующее утро он увидел возле своего левого плеча старый сверток с одеждой и, чтобы вдохнуть побольше воздуха, отодвинул его в сторону. Вонь от тюка была невыносимой; когда он дотронулся до него, его пальцы погрузились в него, и одежда выскользнула наружу. Гнилая человеческая плоть покрывала его пальцы, а на ладони лежало глазное яблоко, уставившееся на него.

"Падачоне", - воскликнул он.

Это было разлагающееся тело новорожденного.

Разака вырвало, и он попытался выпрыгнуть, но его ноги и рука оказались в ловушке. Его снова вырвало; вышло немного воды и слюны.

Он снова попытался раздвинуть старую одежду и пошарить вокруг себя, и его нога погрузилась в другое разлагающееся тело - младенца, брошенного в склеп сразу после его рождения. Он хотел убежать, выпрыгнуть из хранилища. Пусть Аким отрубит себе голову. Разак упал в обморок и потерял сознание.

Когда он открыл глаза, ему показалось, что он в раю, окруженный гуриями. Потребовалось несколько секунд, чтобы понять, что это были женщины из гарема, которые вытащили его из подвала. Он был обнажен, и они вымыли его теплой водой, вытерли тело турецкими полотенцами и накрыли свежей одеждой.

"Разак, не бойся, он уехал в Рияд и вернется только через семь дней", - сказала Амира.

Он не мог поверить своим ушам. Это были самые красивые и утешительные слова, которые он когда-либо слышал, гораздо более музыкальные, чем те монологи, которые он произносил, когда убегал от своего отца-пьяницы в Тируре. У его отца, Баппы, было две жены и восемь детей. Разак был старшим. У Баппы была чайная на рыбном рынке Тирур, и он со своими женами и детьми жил в глинобитной лачуге недалеко от чайной. Денег, заработанных в чайной, было недостаточно для семьи, так как он ежедневно тратил более половины суммы на алкоголь.

Разак позвонил своей матери Умме, которая ходила по магазинам и продавала рыбу. Она несла корзину с рыбой над головой и ходила пешком по близлежащим деревням; она чистила рыбу и нарезала ее на кусочки, как просили хозяйки. Довольные ее работой, они дарили ей старую одежду, рис, кокосовое масло и специи на таких фестивалях, как Онам, Вишу и Курбан-байрам. Но этого было недостаточно; в жизни Разака таился голод, и только несколько дней в году он ел полноценно и с полным удовлетворением. Он пошел в школу, чтобы перекусить в полдень - кашей безвкусного вкуса.

Разак спал рядом со своей уммой и четырьмя другими братьями и сестрами на полу. Его вторая умма и трое ее детей были в другом углу. Он чувствовал муки голода своих братьев и сестер. Пьяные ссоры его папы с применением физического насилия были типичными, и часто он слышал слабые всхлипывания своей матери.

От Уммы всегда пахло рыбой, и Разаку нравился этот запах; он обожал свою мать. Его единственной мечтой было обеспечить ее достаточным количеством еды и новой одежды. Позже он мечтал о доме получше, где Умма могла бы спать на раскладушке и укрываться одеялом, чтобы спастись от холода во время муссонов. Он мечтал о велосипеде, чтобы раз в месяц возить свою мать, братьев и сестер в кино.

Друзья рассказывали Разаку истории многих молодых людей, которые отправились в

Саудовскую Аравию и страны Персидского залива зарабатывать деньги. В этих странах было достаточно золота; дети играли с золотом, и даже строились автомобили и дома. Он знал, что многие молодые люди привозили блестящий металл на Малабар на маленьких лодках. Но он не понимал, что это была контрабанда, и если его поймают, он проведет в тюрьме несколько лет. Контрабанда сделала многих богачами в Тируре, Поннани, Оттапаламе, Малаппураме и Кожикоде. Они покупали землю, строили магазины, открывали отели, рестораны и больницы. Его друзья рассказали ему, что все особняки вокруг его глинобитного дома были построены на деньги из золота Саудовской Аравии и стран Персидского залива.

Разак хотел поехать в Аравию, привезти оттуда золото, чтобы накормить умму, дать образование своим братьям и сестрам, построить дом, купить машину, открыть магазин и жить долго и счастливо. Он размышлял над этим в течение шести месяцев и обсуждал это со школьными друзьями. Никто не отговаривал его. Они говорили, что разбогатеть - это его право. Они тоже были готовы к отъезду, а некоторые уже ушли. Он заметил, что количество учеников в школе уменьшается с каждым днем. Двое из его близких друзей уехали на прошлой неделе. Когда он добрался до школы, кто-то сказал ему, что его классный руководитель уехал в ОАЭ. Арабская мечта распространялась повсюду, и даже дети были беспокойны.

Однажды ночью Разак убежал из дома, ничего не сказав своей матери. Ему было грустно расставаться с ней, и он застонал в одиночестве. Он знал, что скоро вернется с мешками, полными сверкающего металла. Множество лодок направлялось в разные порты Аравийского полуострова, и он сел на одно из них, заполненное молодыми людьми, которые пробыли в море три дня. Агент на лодке отвез Разака в Рияд вместе с тремя другими мальчиками, все чуть постарше, и познакомил его с другим агентом. В течение трех дней Разак был в Машрабии Акима.

Разак проспал два дня в окружении женщин гарема. Любовь, которую они выражали к нему, была неземной, как у гурий рая, награда для правоверных мусульман в загробной жизни, за наслаждение, о котором он читал в арабском Коране.

Адиль помог Разаку бежать из Аравии с мешком для воды из козьей шкуры, наполненным золотом. Он думал о своей возлюбленной Амире, пакистанке, чьи зеленоватые глаза он хранил в своих глазах, и ее внешность была в его сердце. У нее была прекрасная душа, наполненная любовью; он хотел взять ее с собой и умолял Адиля. Но Адиль не согласился, сказав, что его отец перерезал бы горло другим женщинам, если бы одна пропала.

Разак был уверен в себе. Амира знала, что он не может заниматься регулярным сексом, поэтому она смирилась с этим, и после того, как пережила адский опыт в гареме, она возненавидела заниматься сексом. Это решило бы многие его проблемы. Ему нужен был спутник, женщина, которая могла бы любить его, за которую он был готов умереть. Он хотел разделить свою жизнь с Амирой до последнего вздоха. Богатства было достаточно, чтобы построить замок на берегу реки Нила. Для Разака Амира была бы его лучшим компаньоном, самым надежным другом, душой его души, чью подошву он целовал. Он жаждал ее присутствия, искал ее лицо, чтобы быть очарованным ее прекрасными глазами, нежными щеками и очаровательной улыбкой. Разак любил делиться с ней своими мечтами, прошлыми и будущими. Он и она были выше секса, самого угнетающего действия на земле и в раю. Их больше интересовали не занятия любовью, а дружеское общение, любовь, прикосновения и теплое единение. Иногда ему казалось, что он любит Амиру больше, чем свою умму, и ему было грустно из-за этого, стыдно за грех любить пакистанку больше, чем свою мать.

Разак вспомнил, как Амира спускалась по Джаханнаму и кормила его бирьяни. Ее мягкие, красивые пальчики коснулись его губ. У нее было великолепное сердце, сердце, наполненное любовью, более драгоценное, чем золото в его Машаке. Он был готов обменять все золото на нее, и только на нее. С самого начала он любил ее, но никогда не говорил ей об этом. Он боялся, как она отреагирует, поскольку он был кастрированным мужчиной, отвергнутым человеком, ни женщиной, ни мужчиной. Но одним словом она изменила его мир, переписала историю и изменила сюжеты всех когда-либо написанных эпосов. Она спросила: "Разак, ту кахан хай?"

Амира была заинтересована в его безопасности, и она существовала для него. "Я люблю тебя", - сказала она. Это звучало ценно, дороже всего на свете. Он тоже любил ее всем своим сердцем и душой. "Я не верю в Худу, который противный и жестокий", - сказала она. Амира любила Разака даже в аду; она предпочитала Джаханнам с Разаком раю без него. Она могла отречься от Аллаха ради своего возлюбленного; Всемогущий не мог существовать, когда существовал Разак. Амира была так напугана своим будущим в борделе, где она стала бы секс-рабыней для сотен людей; в Машрабии она должна была ублажать только одного мужчину. Она хотела сбежать из Машрабии, чтобы быть со своим любимым Разаком, туда, куда не могли добраться ни гурии, ни верующие, ни Аллах.

Амире было тридцать, когда Разак покинул Машрабию. Но он забыл сказать Амире, что не верит в Аллаха, который не остановил его кастрацию. После жестокого удаления его яичек Разак стал атеистом. Существовали только такие люди, как Аким Аллах, которые были жестокими и противными.

Разак купил один акр земли и построил виллу в Поннани с видом на Аравийское море. Он построил торговый комплекс в черте города, недалеко от главной транспортной развязки. Многие девушки были готовы выйти за него замуж, и он выбрал одну из Бейпора, недалеко от Каликута, и женился на ней, скрыв правду о том, что он не мог заниматься сексом. Ему было тридцать два, а ей шестнадцать. Через год Разак застукал свою жену с ее любовником и малаппурамским топором отрубил обеим головы. Аким овладел им, как Иблис.

Когда Разак закончил свой рассказ, на его лице появилась мучительная улыбка. Он долго смотрел на Тома Кунджа, не ожидая реакции, но желая убедиться, понял ли его друг более глубокий смысл молчания. Тома Кундж мог наблюдать за сбивающей с толку атмосферой, отягощающей эмоции Разака, когда его лицо сморщилось, а губы скривились. Разак был печальным молчаливым человеком.

- Если бы Аким не кастрировал меня, у меня был бы сын твоего возраста. Но ты мой сын, мой единственный сын. После тюремного срока приезжай и поживи у меня в Поннани", - сказал Разак Тому Кунжу.

Тома Кундж недоверчиво посмотрел на него. Он любил пакистанку из гарема, но после двадцати лет тюремного заключения усыновил мужчину, приговоренного к смерти от петли, крещеного христианином, но атеиста. В тюрьме у Разака был только один друг - Тома Кундж.

Тома Кундж познакомился с ним одиннадцать лет назад, когда работал на тюремной ферме. Разак был на грани отбытия своего двадцатилетнего тюремного срока. Ему было пятьдесят три. Через шесть месяцев после своего освобождения из тюрьмы Тома Кундж получил приглашение на свадьбу от Разака, переданное тюремщиком. Для Тома Кунджа это был второй год. Разак решил жениться на девушке из Малаппурама. Он искал такую спутницу жизни, как Амира, которая могла бы любить Разака, не зацикливаться на сексе, но разделяла бы его молчание.

Тишина была золотой. Но в спокойствии смотрительницы общежития было загадочное эхо внешней нежности, иначе она могла бы вести себя так же ласково. После двух минут созерцательного спокойствия она рассказала суду, что видела, как Тома Кундж сбросил тело несовершеннолетней девочки в колодец, примыкающий к общежитию. Воспоминание, которое она изложила в нескольких словах, ошеломило присутствующих в суде и поразило судью как громом. Это подорвало уверенность Тома Кунджа, поскольку ее показания определили его судьбу. Было около пяти вечера, и она увидела высокую фигуру с небритым лицом, пробегающую по коридору общежития, открывающую дверь в сторону колодца рядом с насосной станцией и опускающую тело в колодец. Она была уверена, что это был Тома Кундж.

Тома Кундж был в общежитии только один раз, по настоянию Джорджа Мукена. Было воскресенье, и Мукен сказал ему, что ему позвонил смотритель общежития по поводу утечки воды в трубопроводе внутри общежития. Поскольку было воскресенье, сантехника общежития не было на месте и он был недоступен. Начальник тюрьмы попросил Мукена прислать кого-нибудь для устранения неисправности. Поскольку Тома Кундж занимался сантехническими работами в свинарнике, Мукен настоял на том, чтобы он пошел в общежитие и сделал ремонт, но Тома Кундж не хотел идти; кроме того, у него было много дел дома. Мукен еще раз позвонил Тому Кунжу в полдень с той же просьбой.

Тома Кундж пришел в общежитие около трех часов дня. Он хотел завершить работу в течение двух-трех часов. Но он и представить себе не мог, что это изменит его жизнь и приведет его на виселицу.

Тома Кундж недоверчиво смотрела на надзирателя со скамьи подсудимых, но ее внешность была нежной, а седые волосы, падавшие ей на лоб, скрывали ее ложь, ее упрямство. Ее очки были круглыми и толстыми; на лице отражалась боль, вызванная убийством в государственном общежитии для работающих женщин. Она была последним свидетелем. У судьи не было сомнений в том, что он верит показаниям пятидесятипятилетнего государственного служащего.

Тем не менее Тома Кундж никогда не задумывался о возможности того, что судья может решить его судьбу еще до начала слушания. В возрасте примерно сорока восьми лет судья хранил в своем сердце так и не раскрытую тайну, поскольку страдал от глубокого молчания своего творения с того дня, как студентка колледжа сказала ему, что не сделает аборт своему ребенку. Он был молодым юристом, и она посетила его офис, чтобы пригласить его поговорить о праве и литературе в ее колледже. Она представила его своим учителям и товарищам в метких словах, полных похвал. Ее интеллект, лидерство и способность к общению очаровали его.

Она восхищалась его аналитическими способностями и опытом в юриспруденции. Его способность убеждать свою аудиторию лаконичными словами и фразами была уникальной.

Их дружба крепла, и они часто встречались, ездили на велосипеде молодого юриста в разные места и проводили ночи в теплой близости.

Его молчание разлетелось вдребезги, когда он увидел Тома Кунджа в зале суда. Судья молча зачитал имя ответчика: Томас Эмили Куриен. Это удивило его; он недоверчиво посмотрел на Тома Кунджа. Во внешности Тома Кунджа было отражение его лица.

Тишина вибрировала; она была наполнена печальными женскими криками. Молчание судьи в течение двадцати пяти лет отдавалось эхом от этих криков.

Показания пожилого надзирателя общежития имели последствия, поскольку привели к вынесению вердикта, определившего судьбу двадцатичетырехлетнего мужчины.

"Подвесьте его за шею, пока он не умрет".

Вердикт был коротким и точным.

Эмили, мать Тома Кунджа, страдала от молчания, отличающегося от мягкости наложниц Акима, и была отстранена от молчания стареющей смотрительницы общежития. Молчание Эмили разрывало сердце; оно проникало в тело Тома Кунджа и пронизывало весь дом. Ее молчание было нежным, щедрым и любящим. Пока Томе Кундж не исполнилось двенадцать, она неохотно делилась своими детскими воспоминаниями и днями учебы в колледже; вместо этого она рассказывала истории из романов и эпопей. Тома Кундж слушал ее с благоговением, не вмешиваясь в ее описания. Но он чувствовал, что она сохраняла проницательное спокойствие, даже рассказывая истории.

Тома Кундж хранил память о ней в непостижимом молчании. В тюрьме он всегда помнил о ней. Это была нерушимая связь, и он рос вместе с ее молчанием. Он размышлял над ее молчанием и преобразил камеру ее прекрасным присутствием.

В первые несколько месяцев в камере ночи были долгими и ужасающими, но он привык к пугающей темноте, которая проходила, когда они сливались с дневным светом и теряли свое безразличие. Постепенно ночное время становилось более приятным, обнадеживающим и спокойным. В темноте он лучше видел себя и стал лучше осознавать свои внутренние вибрации и вибрации камеры. Камера была похожа на камеру Яджифа Джайдана, где Разак провел три дня и ночи, погруженный в болтовню и разлагающуюся человеческую плоть. Камера, никогда не проявлявшая сострадания или любопытства, но осторожная и настойчивая, защищала его, как судебно-медицинский эксперт труп. В четырех стенах без окон он мог считать свое дыхание, удары сердца, учащенное сердцебиение и нежные причитания бродячих муравьев, ищущих пищу, и их спутников. Звуки, доносившиеся снаружи камеры, имели уникальный характер и значение. После полуночи у приближающихся куликов была другая цель. Они несли смерть в своих могучих руках.

Но жажда смерти появилась еще до того, как он ударил Аппу по лицу. Его губы залила кровь, зубы выпали, а нос был раздавлен. Это был мощный хит. "Твоя мать - вешья", - крикнул он, и все ученики услышали его. У Амбики был испуганный вид. Но на то, чтобы разбить Аппу нос, были свои причины. Как он посмел назвать маму проституткой? Это было наказание, не средство устрашения, не исправление, а месть, как у Сакуни в "Махабхарате".

Предсмертные желания зародились, когда некоторые ученики сплетничали, а учителя выражали нежелательное сочувствие. Это было сильное желание исчезнуть из существования. Даже при рождении существовало зарождающееся стремление умереть. Мама часто говорила, что ее малыш постоянно пытался прикрыть лицо одеялом своими крошечными ручонками, из-за чего у него перехватывало дыхание. Мама была права; смерть была волнующей; она утоляла жажду жить. Мама, папа,

То Заключенні
Тишина

Аппу, смотритель общежития, судья, тюремщики и свиньи в свинарнике Джорджа Мукена день за днем извивались, чтобы умереть, ощутить прикосновение смерти, теплое и холодное, мягкое и грубое. Наблюдение за безжизненным телом мамы, подвешенным на кресте перед церковью, привило мне гнилую цель жизни, простую и жестокую правду, но это вызвало длительное покалывание. Окончанием жизни была смерть, и все стремление в жизни было стремлением к смерти. Мама сделала себе петлю из шелухи кокосовых орехов. После полуночи она подошла к церкви и узнала массивный каменный крест, так как каждое воскресенье клала деньги в шкатулку, хранящуюся у креста. Мама никогда не забывала зажечь свечу и помолиться, молча сложив руки. Она умоляла Святое Сердце Иисуса, Деву Марию и святого апостола Фому, который обратил в христианство ее предков, высадившись на побережье Малабара в 52 году нашей эры, защитить Тома Кунджа и Куриен. Она перекинула веревку через перекладины креста и сама завязала ее петлей, используя пластиковую табуретку. Кольцо могло бы напугать, но ласкало ее шею и задушило до смерти.

Одиннадцать лет тюремного заключения преподали Тому Кунжу много уроков; он мог различать даже малейший ночной шум. Смерть была безмолвна; она никогда не издавала ни звука. Подготовка к смерти породила звуки и ярость.

Тишина в тюрьме была выражением траура и скорби. В тишине звучала скрытая панихида, и нужно было быть очень внимательным, прислушиваясь к ней. Это было все равно что наслаждаться похоронной музыкой; она была прекрасной, безмятежной и радостной. Никто бы не сыграл ее, если бы она была какофоничной, а не мелодичной, блаженной. На маминых похоронах не было музыки. Викарий отказался похоронить ее на кладбище, сказав, что она была грешницей и повесилась. В его глазах были злоба и похоть. Годы спустя Джордж Мукен сказал, что заплатил огромную сумму викарию, чтобы тот позволил выкопать могилу маме, но он не раскрыл сумму. Мукен понимал предсмертное желание мамы, поскольку она хотела жить.

Мама пыталась устроиться уборщицей в государственную школу. Приказ о назначении поднял ей настроение, и ее молчание быстро рассеялось. Ее английский был превосходен, так как она хорошо читала и писала на нем. Она училась в государственной школе в Кодайканале, но мама не смогла окончить колледж и не имела педагогического образования, чтобы преподавать в начальной школе. На втором курсе колледжа она забеременела и после родов уехала в Малабар с Куриеном, но он не был отцом Тома Кунджа. Эмили рассказала папе еще до свадьбы о своих отношениях с адвокатом, который бросил ее. Решение папы жениться на маме было продиктовано не сочувствием, а любовью. Куриен работал на свинарнике Джорджа Мукена, а Эмили стала уборщицей в государственной школе. Даже директор школы часто обращался к ней за помощью в составлении писем и циркуляров на английском языке.

Когда Тому Кунжу было двенадцать, Эмили поделилась с ним своей историей; она считала, что ее сын должен знать это, и ей не было стыдно. Тома Кундж принял ее биографию и высоко держал голову.

Приходской священник потребовал значительную сумму - взятку за работу дворника в приходской школе, несмотря на то, что правительство выплачивало зарплату в церковной школе.

Чтобы похоронить ее на церковном кладбище, викарий принял определенную сумму.

Папа помог Мукену открыть свое свиноводческое хозяйство, так как он в течение одного года проходил обучение в ветеринарном колледже и изучил новые методы разведения свиней. Он был первым работником, работающим полный рабочий день в Mooken, а позже обучил пятнадцать работников и в течение десяти лет стал супервайзером. Они отправились на свинофермы в Идукки, Вайанаде и Курге, чтобы купить целые грузовики поросят. Свинарник процветал; Мукен экспортировал свинину во многие рестораны и отели по всей Индии. Он приобрел земли и товары, легковые и грузовые автомобили, подарил папе пятьдесят центов земли и помог ему построить дом с тремя комнатами, кухней и туалетами. Но прежде чем заштукатурить его, папа умер. Полиция Карнатаки избила его без всякой причины. По их мнению, у грузовика не было действительного сертификата контроля загрязнения окружающей среды, поскольку срок его действия истек две недели назад. Мукен, возможно, забыл получить сертификат, хотя это и не было преступлением, влекущим за собой смертную казнь.

Часто полиция штата Карнатака назначала суровые наказания водителям грузовиков из-за границы на надуманных основаниях. Они потребовали взятку в две тысячи рупий, а папа отказался платить. Мукен заплатил бы эту сумму, потому что он склонял бюрократов и приходского священника к различным льготам, поскольку без взяток невозможно было начать бизнес. Папа хотел сэкономить деньги своего работодателя, что привело к его безжалостному концу. Он был маленьким человеком; его хрупкое тело не смогло противостоять садистскому нападению полиции, и он скончался там с тяжелыми травмами. Его вырвало кровью. Некоторые полицейские были ужасными и безжалостными, и многие вели себя бесчеловечно, чтобы заработать деньги. По их мнению, папа должен был заплатить штраф за отказ от выплаты поощрения, что они считали своим правом. Все смертные приговоры были нарушением прав, фактическим или воображаемым. Но некоторые из тех, кто был приговорен к смертной казни, были невиновны. Люди беспокоились только о жертве, редко беспокоились об осужденном, среди которых многие не причастны к преступлению. Общество редко заботилось о невиновности безгласного обвиняемого. Кто-то должен умереть и заплатить высшую цену; после его смерти на виселице или от рук полиции никто не потрудился проверить, был ли человек, лишившийся жизни, невиновен. Мама плакала, видя сломанные руки и ноги папы, но не могла представить его раздробленную печень, проколотые легкие, сердце и поджелудочную железу.

Полиция Карнатаки сфабриковала историю о том, как бешеный слон раздавил тело папы. Разъяренное животное нельзя было запереть в клетку. Это просто пришло в голову полиции и тем, кто слышал об этой истории. Даже после смерти папы мама сохраняла надежду на жизнь.

Надежда и отчаяние шли рука об руку, и было нелегко отличить случаи, когда они расходились. Когда судья оглашал вердикт, в нем чувствовались отчаяние и предвкушение, тоска от потери привычного образа жизни и нетерпение увидеть что-то новое. Даже когда он проиграл свою последнюю апелляцию, в нем были уныние и оптимизм - печаль из-за потери камеры, но предвкушение увидеть эшафоты. Стоя на виселице, он испытывал бы опустошение и уверенность в себе. Смерть была бы абсолютной радостью; петля затянулась бы, и тело повисло бы в воздухе; это бросило бы вызов уголовному законодательству, тюремному персоналу и Падашону. Когда Амира бросила вызов Аллаху, Эмили бросила вызов своему распятому спасителю; она смогла победить смерть, в то время как другие содрогнулись бы при одной мысли об этом.

Тома Кундж прижимал левое ухо к полу, поскольку правое частично утратило способность слышать в полицейском участке, когда блюстители закона напали на него при задержании.

Тома Кундж услышал глухой стук металлических ключей, отпирающих замки. В камере были двойные замки, два массивных навесных замка, изготовленных в тюремной кузнице, где он проработал шесть лет. Два года он занимался плотницким делом и еще два работал на ферме. После отклонения его последней апелляции его поместили в камеру с двойными замками, чтобы закрыть пути к отступлению. В течение одного года он ждал казни. Каждое утро я с нетерпением ждал шагов и стука ботинок. С трех до половины шестого утра было самое мучительное время для полноценной жизни; как говорила мама: "Это страдание - смысл жизни, но в нем есть и удовлетворение". Ожидание вселило в него надежду и желание прислушаться к торжественным шагам и тяжелому стуку болотных сапог.

Прогуливаясь вместе с суперинтендантом, двумя тюремщиками, охранником и врачом, он был величествен. Руки были бы связаны сзади. Это был такой же парад на Джанпатхе в День Республики. Будучи членом бойскаутов, Тома Кундж однажды участвовал в нем. Он учился в восьмом классе и был единственным учеником, выбранным из его школы. Единственное отличие состояло в том, что марш к виселице не сопровождался оркестром, музыкой или лошадьми и не требовал предварительной подготовки. Тома Кундж прошел трехмесячную подготовку к параду в честь Дня республики, два месяца в окружном штабе и один месяц в Нью-Дели. Эмили тогда была жива; она посмотрела всю программу по телевизору. После парада он вернулся домой со множеством подарков для своей матери, Парвати, Джорджа Мукена, учителей и друзей. Там была точная копия Красного форта для Амбики. Эмили обняла его, чувствуя гордость за него. Вся школа праздновала это; он был героем. Но парад с участием тюремных надзирателей закончился на виселице. Обычно повешение происходило ранним утром, около пяти. На одних и тех же виселицах было две петли, так что двух заключенных можно было повесить одновременно.

Вынося смертный приговор, судья сказал, что повешение является безболезненным наказанием и лучше всего подходит для индийской культуры, несмотря на то, что оно было введено британцами. Он говорил так, как будто сам пережил это. Возможно, он мысленно проделывал это тысячу раз. До британского владычества у Великих моголов было множество способов казнить осужденного, в том числе размозжить голову заключенному слоном или отрубить ему голову мечом, подобно кучке неграмотных негодяев, совершающих ночной рейд в арабский оазис, населенный евреями, ради удовольствий с семьюдесятью-две гурии в своей загробной жизни.

Судья был мужчиной средних лет. Тома Кундж выглядел бы как судья, когда достиг бы своего возраста. У него была небольшая седая бородка, а у Тома Кунджа - темная, так как он не мог сбривать щетину, находясь в камере. Просмотрев материалы дела и прочитав его имя, судья посмотрел на него с любопытством. Тома Кундж был обвиняемым; судья отправил его в тюрьму до окончательного слушания. Судья был свободным человеком, а Тома Кундж попал под предварительное судебное разбирательство.

Когда Тома Кунджа осудили, он работал в печи и был лучшим кузнецом по железу. Тюремщик часто говорил, что его ремесло превосходно, как и у немцев. Прежде чем возглавить тюремную печь, тюремщик прошел годичную подготовку в кузнице в Велькингене. Тому Кунжу нравились жар и звук кузнечного горна и конечные изделия, которые он формовал. Он отлил замки, которые запирали его, и осознавал это. "Ты формируешь свое будущее, запираешь им свою жизнь и бросаешь ключи в глубокое ущелье", - сказала мама, готовя; она говорила о тщетности жизни, когда остаешься одна, без друзей, безгласной. Тома Кундж вспомнил ее слова, когда был в печи для обжига, но ему было приятно придавать форму прядям. В камере он был в безопасности; он знал это. Опасность была за пределами камеры, комнаты для наказаний, дубинок, цепей и, наконец, виселиц. "Человек сам выбирает свою судьбу", - таково было мнение тюремщика. Он верил в Карму.

Тюремщик кузницы верил, что люди созданы свободными, и каждый обладает свободой воли; они делают то, что им нравится. Как только они нарушат закон, они понесут ответственность за свои действия и заслужат наказание. Но он отличался от других тюремщиков тем, что никогда не хлестал заключенных и даже не издевался над ними. Его руки не были запачканы тюремными деньгами и имуществом. Напротив, суперинтендант и другие офицеры свободно предавались накоплению богатства, что делало тюремщика кузницы неудачником в тюрьме. Тома Кундж уважал его, но счел его философию в отношении преступности наивной.

Тюремщик был верующим и каждый день возносил молитвы. Он построил крошечное место поклонения в своем доме, рядом со столовой, где он и его жена возносили молитвы Ганеше, богу-слону, с цветами, горящими масляными лампами и благовониями. Повторяя мантру Вакратунды Ганеша, он провел перед идолом не менее получаса.

Люди были свободны лишь в ограниченном смысле, и их прошлое, настоящее и будущее были определены, от которых никуда не деться. Но каждый обладал способностью переносить невзгоды и горе, побеждать, поскольку люди могли формировать свое непосредственное окружение. После трех дней эпической битвы одинокий старый рыболов поймал посреди моря гигантского марлина, намного больше его лодки. Он намотал марлина, привязал его к борту своего катамарана и поплыл к берегу. Акулы напали на рыбу, и рыбак безжалостно боролся с ними. Добравшись до берега, рыболов обнаружил вытянутый скелет пойманной им рыбы, и люди столпились, чтобы посмотреть на это. В ту ночь он спал, и ему снились львы. Мама рассказала эту историю; Тома Кундж не мог уловить всего смысла. Но он узнал, что люди существуют для того, чтобы побеждать.

36 То Заключенный
Тишина

Тома Кундж не любил благочестие и ненавидел Бога. В тот день, когда его мать повесилась на кресте перед церковью, он сжег изображения святого сердца Иисуса, Девы Марии и святых со стен своего дома. Собрав горсть пепла в пластиковый пакет, он бросил его в яму, где Джордж Мукен собирал свиную мочу для получения газа для приготовления пищи. Тома Кундж перестал ходить в церковь после похорон своей матери. Он поклялся, что никогда не войдет в церковь и не будет поклоняться жестокому и самовлюбленному Богу. История Разака подтвердила, что Падачон был злом, поскольку люди не могли думать о всемогущем, вечном существе, которое не было бы злым.

По крайней мере раз в месяц, когда солнце опускалось в море и страну окутывала тьма, или ранним утром, когда вокруг никого не было, он посещал могилу Эмили и делился своими историями со своей мамой.

Сочувствие, которое Тома Кундж ненавидел, поскольку знал, что сострадание - это инструмент для создания благочестия и послушания. Он посещал церковь каждое воскресенье и в праздничные дни вместе со своей матерью на богослужение, когда викарий читал молитвы на малаяламе вперемешку с арамейско-сирийским. Тома Кундж прочитал Библию от первого до последнего слова, но даже в детстве ему не нравился Бог Израиля, который был жесток и кровожаден и убивал детей и женщин. Эмили посоветовала ему не читать Ветхий Завет, но посоветовала ему учиться на материале Нового Завета, где Иисус был главным героем. Но он отказывался верить в чудеса, которые он творил, особенно в превращение воды в вино в Кане и воскрешение Лазаря из мертвых. Тома Кундж смеялся над непорочным зачатием.

После смерти Эмили ему было слишком поздно осознавать, что библейские истории - это мифы, такие как "Илиада" и "Одиссея", "Махабхарата" и "Рамаяна" или "Магия милосердного Аравийской пустыни". Тома Кундж почувствовал симпатию к Богу Моисея и Авраама, когда стал мужчиной.

Библейский Бог не был молчаливым; он был ревущим существом, как у Амиры. Он создал шум, ненависть, эмоциональные потрясения, месть, похоть и меч Акима.

Когда Аким обезглавил египтянку, Милосердный был спокоен. Он сохранял глубокое спокойствие, когда новорожденных бросали в ад Машрабии в маленьких матерчатых свертках, а Разак плакал навзрыд после того, как его пальцы пронзили разлагающееся тело. Всевышний хранил молчание, когда Аким создал свой гарем из девственниц от Малайзии до Египта и от Азербайджана до Пакистана.

В жизни Тома Кунджа Бог тоже хранил молчание. Его молчание разрывало сердце, когда папа был забит до смерти полицией Карнатаки по дороге из Вираджпета в Куттупужу. Бог промолчал, когда викарий потребовал взятку, чтобы назначить Эмили в приходскую школу уборщицей, за что правительство выплачивало зарплату. Он хранил глубокое молчание, когда викарий потребовал денег, чтобы похоронить тело мамы на приходском кладбище.

Тишина была внутренней; в ней была бесконечная вселенная, и нужно было умереть, чтобы понять ее по-настоящему. У этого не было границ, поскольку никто не мог измерить, поделиться или закрепить это. Тишина никогда не достигала своей полноты, превышала свою ценность в том, что она ничего не желала, переполненная свободой воображения, размышлений и медитации в вакууме. Циклически погруженная в летаргию тишина была самым могущественным существом в человеческом существовании, всепроникающим, постоянно пронизывающим насквозь, но гнилостным на вид. По сути, оно противоречило самому себе, увеличиваясь в размерах и авторитете, подвергая сомнению свое присутствие в пустоте, молчание противоречило определениям. Оно могло бы обнять вас с вечным сочувствием и ошеломляющими ожиданиями, как щупальце, от которого трудно избавиться. Тишина была разной для разных людей: никчемной, неподтвержденной, саморазрушительной, манящей, завлекающей и вечно очаровывающей. Тома Кундж бесшумно вошел в тишину, но так и не вернулся.

Но молчание не было решением проблемы зла.

Тома Кундж был готов проникнуть в его спокойствие, спящее внутри его существования. Это расстраивало, поскольку он неоднократно пытался прикоснуться к сердцевине своего существа, эмоциям и дыханию, чтобы испытать глубокое желание погасить себя. Стремясь выйти за пределы этого и разделить его сердцебиение и сознание с самим собой, он нырнул в глубины своей души. Пустота, охватившая его, была полна скорбных воспоминаний о его маме и папе, которые рассказывали истории о печали и мучениях. Но желание умереть все еще было в его молчании, перепрыгивая через рубрики его убеждений, чтобы достучаться до родителей, подобно стремлению Разака заполучить Амиру.

В течение десяти лет он жил в четырех стенах тюрьмы как заключенный, ожидая результата своей последней апелляции, а на одиннадцатый - ожидая, что суперинтендант, тюремщики, охранники и врач приведут его на виселицу. Он ждал их шагов с трех до половины шестого утра, каждый день, каждый час, каждую минуту и каждую секунду.

И, наконец, они прибыли.

То Заключеннй
Тишина

Он услышал скрежет ключа о висячий замок, который он сконструировал в тюремной печи. Они заперли его внутри на тот же висячий замок. Работая в печи, Тома Кундж знал, что он делает свой замок, чтобы запереть свою камеру.

В его камере горела только тусклая лампочка; ее выключатель находился снаружи.

В тусклом свете была своя тишина.

Ночью свет горел только с семи до восьми. Это был свет, созданный кем-то. На последнем этапе своей жизни он отбросил свое "я" и существовал за пределами своего существования. Это было противоречием, но реальностью для Тома Кунджа.

"Ты не будешь оплакивать жизнь, ты не жаждешь удовольствий, ты не думаешь о будущем и забываешь прошлое", - наставлял себя Тома Кундж.

"Когда ты теряешь себя, ты не видишь петли, ты не прикасаешься к ее узлу на своем горле, и ты не видишь лесов", - уверял он себя.

Разак не смог преодолеть своего разочарования и заново пережил свою кастрацию. Аким кастрировал его только один раз, но Разак стерилизовал себя каждую минуту своей жизни. Амира смогла преодолеть разочарование, поскольку понимала его незначительность и уменьшающуюся отдачу. Она построила мир благодаря своей любви к Разаку, видению единения, совместного использования и тепла. Она была готова путешествовать с ним, страстно обнимать его, не злоупотребляя его ограничениями, вновь пережить его любовь к своей умме. Амира стала Разаком, но он не смог отплатить за это своей жизнью. Он был готов оставить ее в аду, в земном раю, с земными гуриями ради Акима. У Амиры была любовь, которая разрушила все барьеры молчания и пронзила дальше, чем могло достать копье.

Амира спустилась в ад, и она осмелилась это сделать. Она искала Разака, и встреча с ним живым подарила ей счастье. Амира победила смерть. Для Эмили и Амиры тишина была существованием жизни без ограничений, поскольку это была жизнь без страха. Амира не боялась попасть в ад и накормить Разака; Эмили бесстрашно защищала нерожденного вопреки желаниям его биологического отца. Она путешествовала вне времени, вне страха и ненависти. Молчание Эмили и Амиры передавало образ бесконечного пространства и вечной любви. Мама отказалась от своего молчания, чтобы насладиться свободой, так как не могла терпеть клевету, позор, ложь священника.

Молчание судьи было предопределено, поскольку он верил в существование дьявола, но забыл о его поведении. Когда он был адвокатом, он настоял на том, чтобы молодая женщина сделала аборт.

То Заключеннй
Тишина

Женщина отказалась, и он затаил обиду в своем сердце, когда судья отправил ее сына на виселицу. Он принял решение по этому делу еще до начала слушания. Он уже вынес приговор Тому Кунджу, находясь в утробе своей матери. Судья размышлял о чувстве вины, которое он испытывал как адвокат, отказав женщине, которую он обещал обеспечить единством, товариществом и счастьем. Он носил его с собой много лет; несмотря на то, что это было редкое совпадение, он праздновал его. Он вручил Тому Кунжу петлю.

Тишина порождала тени, и Тома Кундж боролся с тенями в своей камере.

Внезапно дверь камеры открылась и оставалась приоткрытой. Вошел суперинтендант, за которым следовали два тюремщика, охранник и врач. Пахло смертью, когда офицеры и охранники в форме стояли прямо. Врач был в штатском.

Охранник сковал руки Тома Кунджа сзади кандалами и запер его. Он передал ключ суперинтенданту.

Врач измерил частоту его пульса и сердцебиений и поставил диагноз общего состояния Тома Кунджа. В течение двух минут расследование было завершено. Затем он взял медицинский журнал и записал имя осужденного, возраст, состояние здоровья, дату и время. В следующем абзаце он написал:

"Томас Кундж, 35 лет, достоин быть повешенным". Он написал свое имя и расписался с датой и временем.

Доктор отдал вахтенный журнал суперинтенданту. Он прочитал подробности, написанные доктором, написал свое имя и расписался с указанием даты и времени.

Он также написал имена тюремщиков и охранника и попросил их расписаться напротив своих имен с указанием даты и времени, и они сделали, как он приказал.

"Все закончено", - сказал суперинтендант.

Тюремщики вышли вперед и встали по обе стороны от Тома Кунджа; охранник встал позади него. Затем суперинтендант повернулся к двери; доктор стоял у него за спиной, а Тома Кундж - за доктором. Суперинтендант двинулся вперед; это был первый шаг к виселице. Судья вынес это решение одиннадцать лет назад.

Тома Кундж молчал. Он размышлял о петле.

КЛЕТКА

В камере находилось пятеро свободных мужчин и один заключенный, приговоренный к повешению за шею до самой смерти. Камера представляла собой подземелье без окон размером восемь на восемь футов, слишком маленькое, чтобы вместить их всех. Вентиляция, выходящая на крышу выше двенадцати футов для подачи свежего воздуха, не была видна с земли из-за толщины стены. Стены камеры были сложены из гранитных глыб и цемента. В тюрьме, расположенной в окружном управлении, крупном городе Малабар на побережье моря, насчитывалось около двадцати таких камер.

Деревня Тома Кунджа, Айянкунну, находилась примерно в пятидесяти пяти километрах от тюрьмы на шоссе штата, ведущем в Майсур через Куттупужу. Из Коорга, Кодагу на местном языке, на северной и западной границах его деревни вытекала река, впадавшая в оживленный город под названием Иритти. Река впадала в Аравийское море близ Валапаттанама, в нескольких километрах к северу от тюрьмы.

Поскольку плавание было его хобби в подростковом возрасте, Тама Кундж много раз пересекал реку, даже во время муссонов. Другие мальчики боялись или не интересовались прыжками в воду, когда река вздувалась, а течение было смертельно опасным. Когда Тома Кунджу было пятнадцать лет, он схватил большое деревянное бревно длиной около шести метров, вынесенное водой из леса, подтащил его к берегу - титаническая задача, которую можно было выполнить в одиночку, - и оттолкнул в безопасное место. Во многих случаях такие плавучие бревна ударялись о опоры железного моста Иритти и повреждали его колонны или создавали искусственную плотину, которая блокировала поток воды.

На следующий день констебль пришел к нему домой и попросил Тома Кунджа встретиться с полицейским инспектором в его кабинете. По прибытии в полицейский участок офицер был груб и обвинил Тома Кунджа в краже имущества лесного департамента. Тома Кундж сказал ему, что у него не было намерения красть его; он хотел сохранить его для лесного департамента и оставить деревянное бревно на берегу реки. Кроме того, он пытался защитить колонны моста от серьезных повреждений. Полицейский не был готов принять его доводы, и Тому Кунжу пришлось полдюжины раз посетить полицейский участок, чтобы убедить офицера в своей невиновности. Часто полиция играла в такие игры, чтобы выманить деньги у ни в чем не повинных жителей деревни. Это была его первая встреча с полицией.

С подросткового возраста он был хорошо осведомлен о том, что его отец был забит до смерти полицией Карнатаки. Полиция Кералы была столь же жестокой.

Все высшие должностные лица в тюремном управлении были из полиции. Но те, кто был ниже суперинтенданта, были из тюремной системы, специально обученные сотрудники, занимавшиеся заключенными, страдавшими от многочисленных социальных и психологических проблем. Некоторые тюремщики прошли подготовку в области менеджмента, социальной работы, клинической психологии и консультирования. Эти обученные офицеры вели себя гораздо мягче с заключенными. Тюремщик кузницы прошел обучение в Германии.

Прежде чем отклонить свою последнюю апелляцию, Тома Кундж работал в кузнице и спал в главном общежитии, в котором размещалось около пятидесяти осужденных. Таких общежитий было пять, и они были сравнительно более пригодны для жилья, чем камера.

Туалет находился в одном углу его камеры; проточная вода была доступна только в течение одного часа каждое утро и вечер. Там стояла пластиковая кружка для купания, уборки и питья воды, а Тома Кундж спал на циновке, расстеленной на полу; не было ни подушки, ни раскладушки. Ковер, сотканный из высушенных листьев винтовой сосны, выглядел грубым, и он видел такие растения возле ручьев и водоемов в Малабаре. Он также видел, как женщины срезают листья винтовой сосны, сушат их на солнце и плетут циновки. Различные коврики предназначались для младенцев, детей младшего возраста и взрослых; некоторые были яркими, с закругленными краями.

Тома Кундж, Эмили и Куриен в детстве спали на циновках с подушкой на полу. Он вспомнил, как его мать приходила в его маленькую комнату, разговаривала с ним и каждый день перед сном укрывала его легким одеялом. Он всегда ждал прощального поцелуя; он был сладким и нежным. Прежде чем вернуться, она погладила его по лбу, сказав:

"Спи крепко, спи хорошо, мой Кундж мон". Она всегда называла его Кундж мон. Мон на малаяламском означает "любимый сын".

"Люблю тебя, мама", - Тома Кундж ответил на ее любовь взаимностью и поцеловал ее в щеки.

Когда ему было восемь лет, он впервые уснул на детской кроватке. Он был сделан из тикового дерева. Пиломатериалы были пожертвованы Джорджем Мукеном, у которого на ферме росло несколько десятков гигантских тиковых деревьев. Тома Кундж с удивлением наблюдал за двумя рабочими, распиливающими древесину поперечной пилой. Пила была сконструирована для распиливания деревянных бревен поперек волокон древесины. Рабочие называли пилу "Араккавал", но Джордж Мукен называл ее "торцовочной пилой". Режущая кромка каждого зуба на пиле располагалась под чередующимся углом, что помогало каждому зубу разрезать древесину подобно лезвию ножа. Тому Кунжу понравилось, как рабочие работают с поперечной пилой, и он захотел присоединиться к ним. Собравшись с духом, он выразил свое желание, но они нахмурились и напомнили ему сосредоточиться на учебе, к его разочарованию.

Куриен позвал двух плотников поработать на дому, и они трудились десять дней, чтобы изготовить две раскладушки. Тома Кундж с удовольствием наблюдал, как плотники пользуются своими инструментами, особенно молотками, рулетками, угольниками, карандашами для разметки, отвертками, стамесками, циркулярными пилами и электродрелями. Через два дня он сказал главному *мистри*, что хочет стать плотником. Мистер и *громко* рассмеялся, сказав, что вместо этого ему следовало бы стать инженером. Но Тома Кундж настоял на том, чтобы стать плотником, и попросил их взять его в свою команду. Другой плотник, внимательно слушавший его, сказал Тому Кунжу, что он мог бы поработать с ним пять минут, и если бы ему понравилась работа плотника, он пригласил бы его в качестве своего помощника, дав ему рулетку и карандаш для разметки. Тома Кундж был рад поработать плотником хотя бы пять минут. Он испытывал приподнятое настроение, поскольку ценил работу своими руками.

Тома Кундж ценил свежий запах тикового дерева, а детские кроватки казались фантастическими. Мама купила два ватных матраса с подушками. Матрас лежал на перекладине детской кроватки, а поверх него был положен валик. Кровать и обивка были прекрасны; лежать на них было успокаивающе. Впервые Тома Кундж спал на раскладушке. Он сложил коврик и хранил его в своей комнате на память, поскольку сон на нем помогал развить крепкие мышцы и помогал регулировать свое тело в соответствии с неровностями пола, что было нежелательной подстройкой к его будущей тюремной жизни.

Заключенные спали на отдельных циновках без подушек. В тюрьме блокнот был роскошью, и это было запрещено. Для защиты тела от холода и комаров было выдано грубое хлопчатобумажное покрывало, сшитое в тюрьме. Но в камере был только коврик, ни подушки, ни простыней, чтобы прикрыть тело. Во время муссонов холод был невыносимым.

В камере не было ни стула, ни раскладушки, поэтому сидеть на земле в течение долгих часов было утомительно и изнурительно. Тома Кундж часто вспоминал о кресле-качалке у себя дома.

То Заключенний
Тишина

Куриен купил кресло-качалку из розового дерева в течение года после того, как приобрел детскую кроватку. Дерево кресла-качалки было глубокого красновато-коричневого цвета с привлекательными отметинами в виде темных прожилок и переплетенных зерен. Это был потрясающий опыт - часами сидеть в кресле-качалке вместе, и он садился в него каждый день, когда у него было свободное время. В последний день пребывания дома он раскачивался на стуле и увидел приближающихся полицейских. Он только что вернулся из общежития для работающих женщин.

Как правило, у Тома Кунджа было много работы в свинарнике во все дни, кроме воскресенья. В то воскресенье он отправился в женское общежитие, чтобы починить неисправный трубопровод, соединяющий верхний резервуар для воды. Это был незначительный ремонт, и немедленного восстановления не требовалось. Начальник тюрьмы мог бы подождать еще один день, даже неделю. Звонить ему в воскресенье не было необходимости; она могла бы попросить сантехника выполнить эту работу. Сантехник общежития мог заметить утечку воды; он мог оставить ее на другой день. Тома Кундж усомнился в намерениях смотрительницы общежития, поскольку не было необходимости вызывать неизвестного человека в женское общежитие в воскресенье для выполнения работы. Ему пришлось ехать на велосипеде двадцать минут, чтобы добраться до общежития. Он согласился на эту работу только потому, что на этом настоял Джордж Мукен. Начальник тюрьмы знал Джорджа Мукена, поскольку он поставлял молоко, мясо и яйца в общежитие.

Тома Кундж приготовил чашку чая и потягивал ее, покачиваясь. С наступлением темноты он увидел приближающихся трех человек, и когда стали видны их лица, он понял, что это полицейские в штатском, инспектор и два констебля. Это был последний раз, когда он сидел в своем любимом кресле-качалке.

Отсутствие стула или раскладушки поначалу создавало дискомфорт, так как в камере не было места для прогулок. Но Тома Кундж тренировался каждое утро и вечер по часу, чтобы избавиться от слабости мышц, болей в теле, учащенного сердцебиения и явной скуки.

Тома Кундж так и не узнал, почему квадратные камеры предназначались для приговоренных к смерти заключенных. Однажды в бараке он услышал от тюремщика, что в Британии принято устраивать квадратные камеры для приговоренных к смерти заключенных, поскольку в таких камерах меньше самоубийств. Одна из причин заключалась в том, что на площади было ограниченное пространство для прогулок и прыжков. Кроме того, это было более успокаивающе для ума, чем любая другая форма.

У заключенных в круглой или овальной камере психическое напряжение и галлюцинации развивались гораздо быстрее, чем у заключенных в квадратной камере. У британцев были свои гипотезы; некоторые из них все еще оставались догадками, а не проверенными теориями. Когда в 1869 году они построили тюрьму в Малабаре, они попытались применить опыт, накопленный в других тюрьмах Британской Индии, особенно в Мадрасе.

Пол камеры был выложен массивными гранитными плитами с колоссальных гранитных холмов в Западных Гатах. Дом Джорджа Мукена был выложен плиткой из полированного гранита из Майсура и необработанного гранита во внутреннем дворе из Коорга. Папа купил в Мадикери полированный гранит.

Британское уголовное законодательство требовало, чтобы пол в тюремной камере был жестким, как в жизни заключенного. Основываясь на моральных размышлениях Джереми Бентама, свод правил предполагал крайние меры наказания для осужденных. Для рационалистов преступление было добровольным решением, поскольку все люди были созданы со свободной волей, и люди действовали таким образом, чтобы максимизировать удовольствие и минимизировать боль. Единственным средством искоренения преступности было сдерживающее наказание. Тем не менее, применение мести было явно выражено в системе уголовного правосудия Ее Величества, перенятой у Хаммурапи в Месопотамии, сродни принципу "око за око и зуб за зуб". Первоначально требовались только две категории тюремного персонала: смотритель тюрьмы и палач.

Тома Кундж никогда не слышал ни о Хаммурапи, ни о Бентаме, тем не менее, он сильно пострадал из-за их мстительной сдерживающей и гедонистической правовой системы уголовного правосудия. Заключенный никогда не подозревал, что его страдания были вызваны безумными, злобными убеждениями месопотамского монарха и английского утилитариста. Администрация уголовного правосудия Ее величества подарила страдания миллионам заключенных, поскольку она была основана на изречениях Хаммурапи. Несмотря на то, что британцы не решались открыто признать месопотамского монарха, они с гордостью восприняли утилитарные представления моралиста Бентама, чей мракобесие и невежество в отношении социальных, психологических и биологических предпосылок преступности причиняли боль Тому Кунджу в отдаленном уголке Малабара, в то время как независимая Индия рабски принимала иррациональные особенности своих хозяев из прошлых лет.

То Заключенни
Тишина

Тома Кундж не понимал, почему он страдает, что было результатом предложения, называемого принципом удовольствия-боли, и наказание состояло в причинении боли обидчику. Он никогда намеренно не нарушал закон, чтобы испытать удовольствие; он был невиновен. Проповедник, живший два с половиной столетия назад в Англии, решил его судьбу. Судья, блестящий мастер слова, в Талассерии приговорил его к смерти на виселице, приняв учение Бентама, которое он выучил наизусть в невзрачном юридическом колледже. Он тоже был поклонником принципа сдерживания, забыв о своих эскападах в удовольствиях. Судья не мог мыслить дальше гедонизма; его разум был сформирован соответствующим образом. Книги законов разрешали ему наказывать лиц, причинявших боль другим, и судья был частью системы, созданной британцами, лишенными знаний о человеческом поведении. Судья наказал Тома Кунджа не за его вину, а за то, что он был нежеланным ребенком молодого адвоката. Решение судьи было предопределено женщиной, которая отказалась сделать аборт своему ребенку, и Тома Кундж был результатом этой вины. Судья забыл об удовольствиях, которые он получал, будучи молодым юристом в далеком Кочи, причинив боль этой женщине и ее ребенку.

В камере был проем с цементной рамой шириной в два фута, а дверь была установлена снаружи без дверной ручки изнутри; ее нельзя было открыть изнутри.

В первые дни пребывания в камере Тома Кундж с помощью своего воображения рисовал фотографии своей мамы на стене камеры. Сначала было только одно изображение, но постепенно он создал их больше, и в течение недели он заполнил все четыре стены улыбающимся лицом своей мамы. На снимках были изображены действия на второй неделе: мама готовит, работает, подметает, разговаривает, ест или стирает одежду. Затем он добавил фотографии своего папы. Он раскрасил образы мамы и папы, превратив их в фильм с разнообразными названиями: любовные истории, боевики, триллеры, криминальные детективы и исторические фильмы. Мама играла королев тех лет в короне и развевающихся королевских платьях, а папа всегда был рядом с ней. Они никогда не играли злодеев, а только героиню и героя. Режиссура, продюсирование, монтаж, выпуск и просмотр его фильмов отнимали много времени; проходили недели и месяцы, а Тома Кундж неустанно работал и наслаждался своими творениями.

Он разделил стены на четыре части и начал рисовать пейзажи: холмы, реки, долины, леса, луга, животных, птиц, сельскохозяйственные угодья, фруктовые деревья, такие как кокосы, джекфруты, манго, банановые деревья, кофейные кусты с ягодами и ананасы. Он со счастьем наблюдал за ними и ходил вокруг них днями и неделями. Он обнимал свои деревья, бесконечно разговаривал с ними и клялся, что не будет их рубить. Деревья были живыми, очаровательными и сильными и росли на склонах холмов, берегах рек, в долинах и по краям лугов. Для Тома Кунджа деревья были самым прекрасным творением на Земле, и он не мог представить себе Землю без деревьев. В мире его воображения существовали сотни разновидностей деревьев: колонновидные деревья, деревья с открытой кроной, плакучие деревья, поникающие деревья, прямостоячие деревья, деревья в форме вазы и горизонтальные деревья. Там также были бегающие, прыгающие, спящие, смеющиеся, танцующие и поющие деревья. Все они были уникальны, красивы и миловидны. Все сорта обладали исключительными цветами, плодами и семенами. Он обнаружил, что они могут общаться друг с другом и со вселенной и с удивлением выражать свою радость, беспокойство и печаль. Неподражаемые листья деревьев поразили его; некоторые были размером с игольную головку, некоторые больше ушей слона,

Когда приходил муссон, деревья танцевали под дождем; зимой они спали, укрывая свое тело толстыми одеялами; летом в ожидании появлялись новые листья и цветы, созревали плоды, и они приглашали животных и птиц устроить пир под их сенью и на ветвях. Деревья были самыми бескорыстными существами на планете, и они дарили все свое богатство, включая самих себя, другим.

Подражая своему папе, когда ему было четыре года, Тома Кундж посадил пару семян джекфрута и манго на своем участке. В течение четырех лет появились цветы, а также изобилие сочных джекфрутов и манго. Он радостно танцевал и подарил джекфрут и корзину манго Парвати, жене Джорджа Мукена. Она нежно обняла Тома Кунджа и предложила ему шерстяную куртку, которую привезла из Бангалора. Попробовав спелые джекфруты и манго, Джордж Мукен посетил Тома Кунджа, и вместе с ним и Куриеном он пошел посмотреть на деревья джекфрута и манго, потрогал их и выразил свою радость. Джордж Мукен и Парвати были любителями деревьев, и они посадили на своей ферме сотни сортов деревьев, привезенных из разных стран. В тот день Джордж Мукен подарил Тому Кунжу величественный рабочий стол и стул; столешница была сделана из цельного куска красного дерева; боковые панели были из тика, а выдвижные ящики и ножки - из розового дерева; сочетание выглядело потрясающе. Стул был из розового дерева, и Тома Кундж дорожил и тем, и другим.

Тома Кундж изобразил сельскохозяйственные угодья на другой стене; крошечные глинобитные домики, играющие дети, женщины и мужчины, работающие на рисовых полях, выглядели сюрреалистично, но в то же время мирно. Там были школы, игровые площадки и классные комнаты с учениками и учителями. В мире его воображения планета была зеленой и прекрасной. Не было никакой боли, страданий или болезней. Его мама и папа постоянно были рядом.

Он нарисовал дом Джорджа Мукена и Парвати, женщины, которая оставила своего отца и их процветающую кофейную плантацию в Курге, чтобы выйти замуж за мужчину, которого любила. В августе 1972 года двадцатичетырехлетняя Парвати сбежала с двадцатипятилетним Мукеном, который несколько дней ждал ее под кофейными кустами. Джордж Мукен нес ее на плечах, пересекая Западные Гаты от особняка Девы Мойли до своего маленького домика в Айянкунну. Он прогуливался с трех утра до восьми вечера по кофейной плантации на восточных склонах Сахьядри, густому тропическому лесу с величественно бродящими животными и плантации каучуковых деревьев и орехов кешью на западном склоне горы. Парвати только что получила степень магистра делового администрирования в области управления плантациями.

Отец Парвати владел двумя сотнями акров кофейного поместья с высокими деревьями, увитыми лозами черного перца. Дева Мойли, ее отец, был одним из богатейших людей в Курге; его единственный сын, полковник армии, погиб во время индийско-пакистанской войны 1965 года.

Джордж Мукен окончил университет в Пант-Нагаре по специальности "Сельское хозяйство и животноводство". Он взял в аренду пятьдесят акров земли для выращивания имбиря в Курге и ежедневно работал с рабочими. Выращивание имбиря происходило недалеко от кофейного поместья Парвати. Во время своего визита на близлежащие поля Парвати увидела нового фермера, работающего с батраками; она остановила свою машину, поехала в этот район и начала беседу с Джорджем Мукеном. Это была поучительная беседа, и Парвати поняла, что фермер был образованным человеком, полным динамичных, практических идей по сельскому хозяйству и животноводству. Их беседы происходили ежедневно, и они говорили обо всем на свете, включая эпопеи, романы, короткие рассказы и человеческую психологию. Восхищению Парвати своим другом-фермером не было границ. Уважение переросло в любовь, и Джордж Мукен ответил взаимностью с готовностью и открытостью. Он сопровождал ее в другие кофейни в Коорге, и они вернулись в тот же вечер. Эти прогулки были насыщенными и показательными; они узнавали друг о друге, своих личностях, способностях и недостатках. Они делились идеями и гипотезами и создали вокруг себя мир пылких надежд и желаний.

То Заключенй
Тишина

Парвати и Джордж Мукен полюбили друг друга и решили провести остаток своей жизни вместе. Убедить ее отца было невозможно, так как у него было много планов на свою дочь. Встревоженный и уязвленный решением своей дочери, Дева Мойли много дней пребывал в ярости и стал непреклонен, как гранитные валуны на вершине Брахмагири. Парвати решила сбежать с Джорджем Мукеном, не поставив в известность Деву Мойли.

Тома Кундж посмотрел на свою картину, изображающую Джорджа Мукена и Парвати на стене, и восхитился их упорством в достижении своей цели - быть друг с другом до самой смерти. Тома Кундж тоже испытывал такую любовь к Амбике; он думал, что она долгое время сохраняла свою страсть к нему. Это началось, когда они учились в восьмом классе. Но это оставалось невысказанным в течение многих месяцев, и когда она заговорила об этом, они отпраздновали это, не зная, что это продлится недолго.

Несколько дней Тома Кундж сидел сложа руки, ничего не делая, да и делать было нечего. Его деятельный ум отдыхал. Он подумал о своих одиннадцати годах в тюрьме, когда работал на тюремной ферме, где познакомился с Разаком. Затем он занялся столярным делом, где научился различным работам и полюбил звуки инструментов и ароматы дерева. У каждого дерева был свой аромат, и самым приятным был запах тика, розового дерева и джекфрутовых деревьев. Тик был устойчив к воздействию воды и белых муравьев, имел плотную структуру, но при этом был легким. Большая часть мебели была изготовлена из тика, и она пользовалась большим спросом. Палисандр был редко доступен и известен как король деревьев с коричневатым или красноватым оттенком и более темными прожилками. Все шкафы и стенные буфеты в доме Джорджа Мукена были изготовлены из розового дерева, поскольку розовое дерево не требовало полировки благодаря своей элегантной, утонченной и великолепной зернистости. Палисандр прослужил сотни лет. Джекфрутовое дерево и дикий джек по имени Анджили были грациозны и великолепны. Шишемское дерево было редким, но выглядело элегантно.

Тома Кундж подумывал об открытии столярной мастерской, если его апелляция против смертной казни будет успешной. Отбыв пожизненный срок, он вернется в свою деревню; его столярные работы привлекут нескольких заказчиков, поскольку он овладел новейшими техниками и приемами деревообработки. Он сообщил бы Разаку, что они встретятся в Айянкунну или Поннани, чтобы отпраздновать и вспомнить свою победу над тюремной жизнью.

Внедрение методов лечения, исправительных учреждений, повышения квалификации, трудоустройства, консультирования, социальной работы и реабилитации заключенных стало результатом французского Ренессанса. Результаты исследований в области социологии, психологии, человеческого поведения, консультирования и социальной работы побудили сотрудников тюрем быть просвещенными и работать на благо заключенных. Но рядом не было ни социального работника, ни консультанта, ни правозащитника, которые могли бы подумать о Томе Кунже, поскольку у него не было родителей, родственников или друзей и он не был связан с политиками. Он был безгласен, отвергнут, забыт и подвергался жестокому обращению, как бездомная собака. Школа дистанцировалась от него, церковь подвергала его психическим пыткам, общество злоупотребляло им, и судья приговорил его к смертной казни, чтобы устранить скрытый, но сохраняющийся стыд в его жизни. Джордж Мукен и Парвати остались со своей дочерью в США, и Тома Кундж навсегда лишился их сочувствия и близости. Они могли бы покинуть свое поместье в Айянкунну или навсегда забыть о Томе Кунже, поскольку он был уверен, что если бы они услышали о нем, то хотя бы раз навестили бы его в тюрьме. Но часто Тома Кундж носил в своем сознании образы Парвати и Джорджа Мукена, и незнание о них причиняло ему боль. Тома Кундж никогда не встречал таких бескорыстных людей, как они, иначе он, возможно, не смог бы их понять, поскольку Парвати и Джордж Мукен оставались загадкой в его сердце.

Тома Кундж узнал, что нет ничего лучше искренности и целеустремленности; люди ищут свои награды, удовольствия и выгоды. Люди были эгоистичны. Жадный адвокат оплодотворил Эмили и приговорил к смертной казни ее сына, когда он стал судьей. Эгоцентричная смотрительница общежития защитила сына политика от позора; она хотела защитить будущее молодого человека, члена парламента, министра, губернатора, президента, премьер-министра страны или даже судьи. Тома Кундж был всего лишь чернорабочим, неизвестным человеком, который работал в свинарнике, кем-то, кто кастрировал свиней, чтобы они быстрее росли и приносили больше дохода Джорджу Мукену.

Любовь была всего лишь словом без всякого смысла, его отзвуки казались бесконечными, но внезапным рывком оно исчезло, как фокусы фокусника с веревкой. Люди любили убивать свою любовь, ненавидели ее на более позднем этапе, бесконечно думали о том, чтобы избавиться от нее, и строили сложные планы, чтобы избавиться от любви, которую они когда-то хранили близко к сердцу, и лелеяли ненависть в течение нескольких дней, месяцев и лет, проведенных вместе. Любовь приносила боль, агонию, несчастья, дурную славу и конфликты, поскольку она овладевала человеком, которого этот человек любил. В любви не было свободы; обладание было ее высшим признаком. Аким любил своих наложниц и заплатил кучу денег, чтобы обладать ими, но он без колебаний обезглавил их, когда возненавидел. Авраам хотел принести в жертву своего единственного сына Исаака, чтобы угодить своему Богу, а Бог хотел получить кровь людей, как только сотворит их с любовью. Он ввергал тех, кто отказывался ублажать его, в вечный ад. Любовь была мифом, как и бог.

Тома Кундж был одинок в этом мире, как кастрированный Разак или раненый детеныш бизона. Хищник мог бы легко заметить его и наброситься на него. Он был без сопровождения, как отвергнутый теленок, рожденный матерью-одиночкой.

Он кастрировал свиней; некому было защитить поросят от его ножа, и он получал средства к существованию за то, что кастрировал их. Акиму нужно было стерилизовать Разака, так как только кастрированный Разак мог быть официантом для его наложниц. Он уговорил Разака быть с ним, и у Разака не было другого выбора; он ничего не знал об Акиме и его Машрабии. У Разака не было свободы; он был один в Аравии, как раненый верблюжонок среди бескрайней пустыни. Разаку пришлось потерять свою мужественность, чтобы выжить, и Аким знал, что слабым местом Разака были его яички. У Бога были превосходные яички, чтобы быть богом, которые он отказался отдать людям; в противном случае люди кастрировали бы Бога. Он соблазнил Акима и миллионы других людей по всему миру гуриями и вином, так что они вошли в рай, чтобы прославить его.

Милосердный ненавидел гурий, поэтому он создал их без яичек. Никто не попал бы в рай без гурий, и некому было восхвалять Всевышнего. Без гурий не было бы рая.

На оставшейся стене Тома Кундж изобразил Бога Авраама, Моисея, Исаака и Иакова, но он ненавидел Бога. Он поносил Бога Иисуса, Бога приходского священника, который потребовал взятку, чтобы назначить маму уборщицей в церковную школу, где правительство платило зарплату. В своей воскресной проповеди викарий назвал маму "вешьей", а Тома Кундж возненавидел Бога викария, создав викария с яичками. Его отвращение к Богу стало безграничным, когда викарий отказался похоронить маму на церковном кладбище. Джордж Мукен подкупил викария, и тот предложил немного земли на том же кладбище, где они похоронили папу.

На картинах Бог и приходской священник выглядели одинаково. Затем Тома Кундж нарисовал Ад с Люцифером, и он выглядел как Бог; он был Богом.

Камера была адом в миниатюре, а петля находилась у входа в ад.

Проход из камеры в ловушку был узким, с высокими стенами по обе стороны. Многие прошли через это, сковав руки за спиной. Их повели на виселицу, чтобы они выполнили волю судьи, поскольку все решения прорастают как желания. Тома Кундж еще не проходил по этому проходу, и когда он пройдет по нему, это будет его последнее путешествие. Никто, даже судья, не смог наказать его после того, как палач затянул петлю узлом на его пищеводе, когда он вышел за пределы всех наказаний. Никто не смог бы ни отомстить, ни устрашить его, и он впервые стал бы свободным человеком. Никто не был свободен в этом мире, поскольку каждый нес бремя существования. Тома Кундж не просил свою мать создавать его. После того как он родился, он понял, что создан для этого. Человеческая свобода была мифом, басней, созданной моралистами, и они внушили эту сказку всем без исключения с помощью ложного эго, которое усиливало их желания и галлюцинации. Они применяли это к другим, которые были аутсайдерами, угнетенными, порабощенными и бессильными. Смертная казнь повысила самооценку немногих избранных, и они часами проповедовали о ее последствиях, чтобы повысить свою самооценку. Тома Кундж не пытался улучшить свой характер, поскольку знал, кто он такой; он работал на свинарнике, и все без исключения знали это. Его мать была уборщицей, отец работал в свинарнике, и он пошел по стопам своего отца.

На последней стене он нарисовал свиней. Они выглядели прелестно с полуоткрытыми глазами, которые никогда не смотрели на небо, солнце, луну и звезды. Все они были спрятаны, и свиньи не могли их видеть; они для них не существовали. Что-то существовало, когда кто-то знал об этом. У свиней не было бога; все боги ненавидели кабанов, а свиньи отказывались признавать бога. Для них Бог не существовал. Тома Кундж нарисовал свое лицо среди свиней, и оно стало похоже на свинью, и он почувствовал себя счастливым.

Бог сотворил Адама по своему образу и подобию на шестой день, и он почувствовал себя счастливым. Тома Кундж был новым Адамом.

Тома Кундж был счастлив нарисовать милых поросят, их матерей и отцов. Они визжали и прыгали вверх-вниз от радости, потому что их матери и отцы были в восторге от того, что они свободны. В свинарнике Джорджа Мукена поросят кастрировали, когда им достигали двух-трехнедельного возраста, и каждый месяц на кастрацию поступало около двадцати поросят. Примерно на сорок свиноматок и около четырехсот поросят в год приходилось по два хряка. Беременность хорошо откормленной свиноматки продолжалась три месяца и три дня, и от каждой беременности у нее было от восьми до двенадцати поросят.

Жизнь свиньи закончилась на бойне, что стало ее последним достижением или наградой. Но кабаны никогда не совершали преступлений и повиновались своему хозяину, как Разак повиновался Акиму, а египетская шлюха подчинялась Акиму. Тем не менее, Аким обезглавил ее, и Падашон не стал его допрашивать.

В свинарнике Тома Кунджа на стене не было бойни, и свиньи праздновали свою свободу. Они не пели и не танцевали, как представители элиты. Они выражали радость от встречи с другими людьми, прикасаясь друг к другу пухлыми лицами и выражая свою привязанность. Оценив интимность, исключительный праздник, Тома Кундж присоединился к ним и попросил прощения за то, что кастрировал их. Он знал, что совершил что-то ужасное, неприемлемое, единственное преступление, которое он совершил. Но поросята не были мстительны; они не назначили ему никакого сдерживающего наказания. Он умолял их не оставлять его, и они отпраздновали его компанию хрюканьем.

Свиньи фыркали и ходили вокруг, трогая Тома Кунджа, так как они были счастливы, что не было гильотины, чтобы отрубить им головы, а Тома Кундж был в восторге, потому что не было виселицы. Не было ни страха, ни унизительных комментариев, а его свиньи на стене были возбуждены, и для общения они использовали язык тела и различное хрюканье. Раздавалось тихое и громкое хрюканье; каждое имело свое значение как признак предвкушения еды или приятной компании. Грубый кашель свидетельствовал о том, что свинья была раздражена или сердита, и с бормотанием проливала слезы, когда свинье было грустно или скорбела.

Когда свинарник был запущен, Джордж Мукен танцевал с поросятами, сажая их к себе на плечи, так что их ножки торчали перед его шеей, когда он нес Парвати. Это было в августе 1972 года, и шел сильный дождь. Он посадил ее себе на шею сзади, вышел пешком из ее кофейного поместья и поднялся по Западным гатам в сторону своей деревни, примерно в тридцати километрах. Джордж Мукен был энергичным молодым человеком, активно занимавшимся выращиванием имбиря в Курге; поскольку здешний климат был более подходящим, продукт намного превосходил тот, что производился в его деревне в Айянкунну. Его родители мигрировали из Пала в 1947 году, и Джордж родился в том же году. У него не было братьев и сестер, а его родители умерли от малярии, когда Джордж учился в десятом классе.

Отец Парвати, Дева Мойли, был против того, чтобы его дочь выходила замуж за человека из другого штата и не курги, который принадлежал к другой религии и говорил на другом языке. У него были планы, чтобы Парвати завладела его процветающим кофейным поместьем, которое ежегодно продавало кофейные зерна на миллионы рупий международным кофейным компаниям. После смерти своего сына Дева Мойли впал в депрессию и предупредил Парвати, что застрелит ее, если она осмелится переступить Лакшман Рекха, правило светлой линии. Как и его отец и дед, Дева Мойли, подполковник, служил в британской армии во время Второй мировой войны. Он воевал против японцев в Бирме, потерял правую ногу и провел шесть месяцев в военном госпитале в Калькутте, прежде чем вернуться в Кург и основать свое кофейное поместье. У него было много ружей, и охота на кабанов была его хобби.

Мукен прятался в кофейне в течение четырех дней, а в последний день он перепрыгнул через стену особняка Мойли около трех часов утра. Как и сказала Парвати, охранники у внешних ворот дремали; они были одурманены наркотиками. Он шел по длинной пешеходной дорожке в саду и знал, что охранники, которые обычно ходили вокруг дома, тоже были накачаны наркотиками. Там был флигель, дверь которого не была заперта изнутри, и Мукен вошел в него бесшумно. Другой коридор соединял его с главным зданием.

Собаки крепко спали, Дева Мойли и слуги тоже.

Джордж Мукен вошел в особняк; Парвати ждала его у входа в свою спальню. Ее ноги были скованы цепями, и она могла ходить только короткими шагами. Мукен поднял ее и посадил себе на шею, как большого поросенка. У Парвати в рюкзаке было немного еды и воды.

Перепрыгнуть через стену комплекса было непросто; на преодоление ушло более получаса. Затем Мукен неторопливо направился через кофейню в сторону леса. Было уже половина пятого, когда они добрались до скал у подножия холмов, примерно в трех километрах от особняка Девы Мойли. Отдохнув за сарсенами, Мукен достал из рюкзака бензопилу, чтобы разрезать железо на лодыжке Парвати. Но это было слишком трудно сломать.

Через десять минут они начали подниматься, Парвати у него на плечах; там были крутые холмы с вечнозелеными кустами, а через час появился густой лес. Мукен не выбрал проторенный путь охотников, которые прятались то тут, то там, чтобы отстреливать диких кабанов и бизонов. Подъем был непростым, и Парвати хранила глубокое молчание. Джордж Мукен не стал останавливаться и карабкаться вверх, держась за тонкие деревья и прячась за большими. От валунов ему пришлось подниматься примерно на шесть километров и спускаться примерно на восемь, чтобы добраться до границы с Кералой, а оттуда примерно на четыре километра до Аттайоли, а затем на четыре километра до своего дома в деревне. Через час он почувствовал первые лучи солнца у себя за спиной, поднимаясь еще на один час. Они остановились между скалой и массивным деревом, пока Парвати открывала свой рюкзак.

На завтрак у них были Акки Отти, пресные лепешки из вареного риса с рисовой мукой, крабы, карри из нежных побегов бамбука, запеченные муссонные грибы и жареная свинина. Бутылка с водой в ее сумке утолила их жажду. К семи они снова тронулись в путь, Парвати стояла за спиной Джорджа Мукена. В половине девятого они увидели одинокого слона возле зарослей бамбука примерно в ста метрах от них и спрятались за деревом. Примерно через полчаса слон поднялся к ручью, и Мукен возобновил свое восхождение. Не прошло и часа, как они встретили группу бизонов с телятами, переходивших им дорогу немного впереди. Они снова остановились и прислонились к дереву. Через некоторое время они услышали какой-то шум.

- Здесь охотники, " прошептала Парвати ему на ухо.

"Я их вижу", - сказал Джордж Мукен.

Они преследовали стаю диких кабанов и кричали, четверо мужчин и женщина, и у всех было оружие.

"Охота на дикую свинью - обычное дело в Курге; мужчины и женщины ходят на охоту. Всю ночь они прячутся в кустах и в лесу, - тихо сказала Парвати.

"Свинина из диких кабанов вкусная", - сказал Джордж.

- У меня есть немного в рюкзаке, - прошептала Парвати.

Поскольку охотники были далеко, они начали карабкаться вверх. К тому времени, когда они достигли вершины, Джордж тяжело дышал. Было одиннадцать двадцать. Они немного отдохнули и выпили воды. У Парвати в сумке были банановые чипсы, и они некоторое время жевали их.

Спускаться было труднее, чем карабкаться вверх, так как Джорджу приходилось постоянно сохранять равновесие. Иногда Парвати на его плечах была благословением для поддержания равновесия. Там было больше деревьев, бамбуковых зарослей и ручьев. Более крупные животные бродили по западным склонам горы из-за лучшего количества осадков и густой растительности, и слоны в группах с детенышами предпочитали такие условия. Черный медведь появился в опасной близости от них, и Мукен вытащил из-за пояса свой револьвер.

Около часа дня они остановились отдохнуть среди двух массивных скал. В рюкзаке у Парвати было несколько маленьких пакетиков с рисовыми шариками, приготовленными на пару, свининой из дикого кабана, называемой Панди карри, приготовленными тонкими рисовыми полосками, известными как Ноолпутту, и жареной курицей. Примерно через двадцать минут они возобновили спуск через тропический лес, и по пути встретили большое количество антилоп, называемых Нильгаи, и пятнистых оленей, известных как Читал или Пуллиман. Парвати прошептала, что они находятся на северной окраине национального парка Нагархол, тигриного заповедника.

Лес был полон птиц и животных, включая серого лангура, тигра, медведя-ленивца и слона, и Джордж Мукен осторожно прогуливался. Парвати оставалась лежать у него на спине, тщательно сохраняя равновесие. Мукен начал спускаться с помощью бамбукового шеста, так как на длинном участке спуск был опасно крутым. Около четырех часов вечера они добрались до границы штата Керала и по меньшей мере в часе ходьбы добрались до Аттайоли, первых поселений фермеров. Лес был таким густым, что невозможно было разглядеть солнце, но Джордж Мукен догадался об этом. Через полчаса они добрались до зарослей кустарника с питонами, кобрами, мангустами и павлинами; внезапно они увидели солнце прямо перед собой, немного над западным горизонтом.

Аттайоли был великолепен. Шпили церкви сияли на солнце примерно в трех километрах отсюда, и вид открывался потрясающий. Повсюду между домами, школами, больницами, церквями, храмами и мечетями была зелень. Примерно в шестидесяти пяти километрах от нас Аравийское море казалось окутанным голубым туманом.

Солнце начало опускаться в море, и повсюду воцарилась темнота. Джордж Мукен выбрал узкую тропинку, чтобы избежать встречи с фермерами, возвращающимися с базара Ангадикадаву.

"Пару, видишь ли, наш дом находится примерно в пятистах метрах к западу от церкви", - сказал Мукен, уверенно шагая.

"Я вижу церковь", - сказала Парвати. "Сколько времени это займет отсюда?"

"Мы будем дома через сорок минут", - ответил Мукен.

Некоторое время они отдыхали на обширной плантации кешью, а затем Мукен быстро зашагал дальше. Ему не терпелось добраться домой, не выставляя их на всеобщее обозрение. Они вошли в каучуковую плантацию, где не было никакого подлеска, и идти стало легко. Кокосовая плантация рядом с церковью была слегка заболочена. Тьма распространялась повсюду, подобно муссонным облакам в кофейном поместье. Парвати зажгла свой фонарик, и Мукен смог увидеть, куда ему следует сделать следующий шаг. Когда они добрались до дома, было около восьми пятнадцати.

- Пару, мы дома, - взволнованно сказал Джордж. Было заметно его сильное сердцебиение.

" Джордж, " позвала Парвати и обняла его.

- Спасибо тебе, дорогая, что поехала со мной. Мы уже начали нашу совместную жизнь. Люблю тебя за твое доверие, - сказал Мукен, целуя ее в щеки.

"Позвольте мне поблагодарить вас за вашу любовь; вы прошли около тридцати километров, поднимаясь по Западным гатам, проходя по труднопроходимой местности среди опасных диких животных. Мы будем помнить этот день до самой смерти и скажем нашим детям, чтобы они праздновали этот день в память о нашей любви", - сказала Парвати.

- Да, моя Паре. Вместе мы победили это; хладнокровно мы будем идти вперед", - ответил Мукен.

Он завел Парвати внутрь и электропилой перерезал цепи с обеих лодыжек.

"Давайте сохраним это как память о рабстве, с которым мы столкнулись, о борьбе, которую мы пережили, о решимости, которую мы выразили, чтобы разорвать его, о нашем доверии друг к другу и нашей вечной любви", - сказала Парвати, забирая осколки железа.

Это был небольшой дом с двумя спальнями, большой гостиной и кухней с примыкающей к ней столовой. Они вместе готовили ужин.

Пару и Джордж обсудили свой брак на следующий день, и Мукен сказал, что предпочитает индуистскую свадьбу.

"Джордж, я хочу сыграть свадьбу в церкви; давай поговорим с приходским священником и назначим дату", - выразила свое желание Парвати.

"Пару, твое счастье - это и мое счастье тоже", - сказал Мукен, обнимая Парвати.

Вечером они пошли в церковь, поговорили с приходским священником и назначили бракосочетание на следующий день. Мукен пригласил десять своих ближайших соседей на церемонию и вечеринку.

Парвати была одета в майсурское шелковое сари, а Джордж - в свой серый костюм с красным галстуком. Церемония была простой, и вечеринка проходила в их доме.

Вечером, около четырех, внезапно во дворе их дома раздался грохот. Около десяти джипов и около семидесяти пяти человек выскочили из них и окружили дом, как стая горных волков окружает бизона. У всех у них в руках было оружие.

Затем Дева Мойли вошла в гостиную с револьвером. "Парвати!" - прогремел он. Это было похоже на рев раненого тигра в Майсурском зоопарке.

"Убей меня вместо моей Парвати", - взмолился Джордж, падая ниц перед Мойли.

Мойли пнул его ботинком в лицо.

"Ты негодяй, как ты посмел украсть у меня мою дочь", - проревел Мойли, направляя пистолет на Мукена.

"Папа, пожалуйста, прости меня!" Это была Парвати, стоявшая на коленях перед своим отцом. Она обхватила руками его ноги и застонала.

Мойли стоял неподвижно. Парвати была в своем майсурском шелковом сари, и Мойли вспомнил Собхану, свою жену, которая всегда носила шелковое сари и погибла после нападения медведя пять лет назад.

"Собхана", - крикнул Мойли, бросая свой револьвер. Он поднял свою дочь за плечи и обнял ее. "Парвати, я бы никогда не смогла этого сделать", - сказала Мойли и заплакала, как ребенок.

" Отправляйте всех своих детей в Коорг, как только им исполнится два года. Они будут расти под моей опекой; я буду обучать их в лучших школах и колледжах Майсура и Бангалора. Они принадлежат не тебе, а только мне. Они унаследуют мое богатство. При таких условиях я сохраняю жизнь этому человеку", - взревел Мойли, направляя пистолет на Мукена.

"Да, папа, я согласна", - сказала Парвати.

- Добро пожаловать в поместье, но нога этого человека никогда не должна ступать туда. Это приказ, - сказал Мойли, прежде чем шагнуть вперед.

"В таком случае, я никогда туда не поеду", - ответила Парвати.

Парвати и Джордж Мукен праздновали свою свободу в тишине своего дома. Она была скрупулезна в своем планировании и вела длительные дискуссии со своим мужем.

Они посадили более урожайные сорта каучуковых саженцев на десяти акрах, кешью на склонах холмов - на пятнадцати акрах, а кокосовые пальмы - на пяти акрах. Там росло множество манго, джекфрутов и других фруктовых деревьев. Сарай для скота, который они построили на берегу реки, был самым современным: там содержались пять коров породы Джерси из Муннара, три бурые коровы породы Сахивал из Южной Канары и два буйвола Харьянви. Козы из Кача, Раджастхана и

УП размножались каждые шесть месяцев, и птицефабрика процветала.

Участок площадью в три акра был отведен под свинарник рядом с амбаром.

Каждый год в течение одного месяца Джордж Мукен и Парвати проводили свой отпуск за границей, и в течение пятнадцати лет они посетили все страны Европы и Америки. Во время своих визитов Мукен интересовался животноводством и сельским хозяйством. Парвати собрала семена деревьев из Скандинавии, Восточной и Западной Европы, Канады, США и стран Латинской Америки, чтобы посадить их на своей ферме в Айянкунну.

Через год после свадьбы родился ребенок, и Парвати с Джорджем назвали ее Ануприей. На свой третий день рождения Дева Мойли отправила двух медсестер и двух охранников в Айянкунну за ребенком. Родители горько плакали, но были вынуждены отправить малышку к ее дедушке. Ануприя выросла в Курге и играла во дворе Дева Мойли. Она полностью забыла о своих родителях и бегло выучила местный кодагу, каннада и английский, не зная ни единого слова на малаяламе. Ануприя училась в лучших школах Майсура, где занятия велись на каннада и английском языках. У Парвати и Джорджа Мукенов так и не было возможности поговорить со своей дочерью. Они регулярно ездили в

Майсур и стояли у ворот школы Ануприи, чтобы взглянуть на свою дочь. Но для Ануприи ее родители были чужими людьми.

В течение десяти лет после свадьбы Парвати и Джордж построили новый дом, особняк.

Через пятнадцать лет после рождения Ануприи у Парвати и Джорджа Мукена родился еще один ребенок по имени Анупама. На третий день рождения Анупамы из Курга приехал джип с двумя медсестрами и двумя охранниками. Парвати и Джордж Мукен громко закричали и пробежали за джипом пару километров. Анупама несколько дней плакала в поместье своего деда и отказывалась есть.

Анупаму отправили обратно в Айянкунну к ее родителям в течение недели. Медсестры и охранники снова приземлились на восьмой день и отвезли Анупаму к ее дедушке. Несмотря на то, что Анупама перестала плакать, она страдала от лихорадки и кашля в течение двух недель. Ее снова отправили обратно в Парвати, и через пятнадцать дней за ней приехали медсестры и охранники. В третий раз Анупама пробыла у своего дедушки три месяца, но она была угрюмой, одинокой и печальной. Она отказалась быть частью семьи Мойли. Анупаму отправили обратно в Айянкунну, и она оставалась со своими родителями до своего следующего дня рождения. На ее четвертый день рождения снова появились медсестры и охранники. Несмотря на то, что

Анупама сопротивлялась, ей пришлось пойти со свитой. Вскоре ее отдали в детский сад рядом с поместьем, и каждый день Дева Мойли сопровождала ее и оставалась с ней до окончания занятий.

Тем временем, получив степень МВА в области управления кофейными плантациями,Ануприя присоединилась к кофейной компании своего деда в качестве генерального директора. В течение пяти лет она расширила кофейную плантацию еще на триста акров. Она приобрела акции кофейных плантаций в разных частях Курга, сформировала консорциум с владельцами кофейных плантаций-единомышленниками и подписала соглашение со швейцарской компанией о поставках достаточного количества кофейных зерен для их завода по измельчению кофейных зерен в Курге. Ее дедушка гордился Ануприей и часто говорил ей, что она такая же красивая и умная, как ее бабушка.

Во время учебы в школе Анупама раз в месяц навещала своих родителей, и, помимо кодагу, каннада и английского, она научилась читать и писать на малаяламе. Она ходила с ними в церковь, присоединилась к хору и посетила множество семей с певцами колядок на Рождество. Анупама посещала школу в Майсуре и оставалась у своих родителей на выходные после поездки в

Айянкунну. Она обожала своих родителей и любила всегда быть с ними.

Однажды вечером Ануприя внезапно появилась в Айянкунну. Она была там впервые, и Парвати и Джорджу Мукену было трудно узнать ее, поскольку у них никогда раньше не было возможности поговорить с ней. Ануприя рассказала Парвати, что ее дедушка устроил ее брак, а жених был офицером армии. Ее дедушка впервые рассказал ей, что ее мать жила со своим мужем в отдаленном уголке Малабара. И Ануприя была там, чтобы пригласить свою мать присутствовать на свадьбе.

"Твой отец тоже здесь; я не одна", - сказала Парвати Ануприи.

- Как ты могла сбежать с таким мерзавцем? - крикнула Ануприя.

"Как ты смеешь оскорблять своего отца, чертова сука!" - закричала Парвати, влепив Ануприи пощечину.

Изо рта у нее сочилась кровь.

- Он твой отец. Без него ты бы не родилась; убирайся из моего дома, никогда не возвращайся", - взревела Парвати и прогнала Ануприю.

Окончив старшие классы средней школы, Анупама поступила в ИИТ Мадраса и вместе со своими родителями посетила во время каникул многие страны и знаменитые университеты.

Анупама и Ануприя были незнакомцами и никогда не хотели разговаривать друг с другом, хотя их дедушка изо всех сил старался подружить их.

После окончания университета Анупама уехала в США и поступила в университет Лиги Плюща для получения степени магистра в области искусственного интеллекта. В течение двух лет она зарегистрировалась для получения докторской степени в области разработки микросистем в Калифорнийском университете. Парвати и Джордж Мукен навещали свою дочь каждые шесть месяцев, и Анупама дорожила их обществом. Когда она устроилась на работу в известную компанию, Анупама пригласила своих родителей переехать в США и пожить у нее, и для Парвати и Джорджа Мукенов это приглашение было заманчивым. Вскоре Анупама основала свой стартап, который превратился в весьма успешное предприятие с филиалами во многих странах. Парвати и Джордж Мукен решили уехать в США, чтобы провести старость со своей дочерью. Они попросили Тома Кунджа присматривать за их поместьем как за своим собственным в их отсутствие или до их возвращения и сообщили всем работникам о своем решении.

Тома Кундж с удивлением посмотрел на фотографию Парвати на своей стене. Она была мужественной и глубоко любила своего мужа на протяжении всех моментов своей жизни. Джордж Мукен был счастливчиком; он прошел через ад и донес ее на своих плечах до своего дома, как драгоценный камень. Он не позволял ей идти шагом и ни разу не оглянулся. Но Орфею повезло меньше; он отправился в Преисподнюю, чтобы вернуть свою любимую жену Эвридику в мир живых. Гадес согласился при условии, что Эвридика должна была следовать за ним, выходя из Подземного мира, и Орфей не мог обернуться, чтобы посмотреть на нее, пока они не пересекут последние врата. Только Орфей вышел из внешних ворот; он обернулся и пристально посмотрел в лицо Эвридике. Но, увы, она еще не пересекла границу страны мертвых; она исчезла в вечной смерти.

Джордж Мукен был мудр, нес свою возлюбленную, и ему не нужно было оглядываться назад. Парвати всегда была с ним как одно тело и один дух.

Но Тома Кундж поступил неразумно, потому что предпочел промолчать и отказался защищаться. Он взвалил на свои плечи чужие преступления. Петля ждала его в конце пропасти.

Суперинтендант уже вышел из камеры. Тома Кундж последовал за ним с тюремщиками по обе стороны, охранник позади него; шествие началось.

86 То Заключеннй
Тишина

ПАРАД

Процессия вошла в длинный коридор, который тянулся до самой виселицы. Существовало две такие полосы доступа: одна для осужденного, подлежащего повешению, и другая для высокопоставленных лиц, окружного судьи или чиновника, назначенного правительством, которые были свидетелями повешения, чтобы проверить и сообщить правительству, что именно тот заключенный был приговорен к смертной казни. Путь выглядел похожим, но цель была другой, но не неясной. Известные люди происходили из разных слоев общества и ввели законы, которые защищали их, устраняя предполагаемые угрозы. Они были потомками Хаммурапи и Бентама.

Те, кто создавал закон, сбежали из его мрачных галерей. Закон жестоко обращался с безгласными, бессильными, угнетенными, порабощенными и темнокожими, требуя мести и возмездия. Те, кто был у власти, заставили замолчать других. Тома Кундж был молчалив, у него не было ни родителей, ни родственников, ни друзей, ни Бога. Он был отвергнутым человеком, одиноким, но прямолинейным.

Будучи президентом Индии на параде в честь Дня республики, Тома Кундж был в центре процессии.

То Заключенни
Тишина

Это была молчаливая кавалькада, если не считать тяжелых шагов тюремного персонала.

Тома Кундж был босиком, лишившись права носить обувь. Он шел без какой-либо поддержки со стороны охранников, так как у него не было ни страха, ни надежды, ни ненависти. В нескольких других случаях охранникам приходилось нести осужденных, так как многие теряли сознание; некоторые отказывались идти, как будто можно было избежать петли, отказавшись ступать. Многие могли громко плакать, выть или причитать; некоторые не могли смириться с судьбой, кричали на бессвязном языке, как пятидесятнический проповедник, и молили Бога о милости и вмешательстве. Некоторые помочились от страха.

Последняя борьба состояла в том, чтобы сохранить дыхание, избежав петли, но эшафоты были неизбежной истиной; выхода из нее не было.

Принимая факты жизни такими, какие они есть, Тома Кундж преодолевал печали и боль.

Было не очень разумно убеждать судью, поскольку он уже вынес решение по делу. Судебный процесс был фиктивным, и он понял, что у свидетелей был подготовленный текст для изложения. Тома Кундж раньше видел только трех свидетелей из шести.

Тома Кундж был уверен, что его оправдают, поскольку он не совершил ничего плохого, и судья осознает его невиновность еще до суда. Инциденты были такими простыми и откровенными. Тома Кундж пришел в общежитие около трех часов дня; это был его первый визит. Припарковав свой велосипед на стоянке, он подошел к главному входу и нажал кнопку вызова. Появилась служащая; на вид ей было от пятидесяти до пятидесяти пяти лет; Тома Кундж сказал ей, что смотритель общежития вызвал его, чтобы починить протекающую трубу. Он объяснил ей, что он со свинофермы Джорджа Мукена, и Мукен спросил его, нужно ли ему идти в общежитие для срочных сантехнических работ. Дежурный отвел его к начальнику общежития, кабинет которого находился рядом со входом. Он стоял у входа в палату, и дежурный постучал в дверь; через некоторое время надзирательница открыла свою дверь и вышла. Тома Кундж повторил свою историю надзирателю, который выглядел серьезным. Это была высокая, худощавая женщина в очках; ее седые волосы выделялись на общем фоне. Надзиратель объяснил характер работы на террасе их трехэтажного здания общежития. Утечка произошла из трубы, которая соединялась с резервуаром для воды.

Смотритель общежития приказал служащему отвести Тома Кунджа на террасу здания. Они поднялись по лестнице; зданию было по меньшей мере тридцать лет, и оно выглядело несколько обшарпанным и грязным. Тома Кундж последовал за служителем. В конце лестницы была дверь; служащий открыл ее, и Тома Кундж со служителем вошли на хмурую и неопрятную террасу, в одном из углов которой находился резервуар для воды.

Резервуар для воды был сделан из латеритовых блоков коричневого камня и цемента; штукатурка во многих местах отслоилась, обнажив камни. Но утечка была несерьезной, и срочного ремонта не требовалось; на стыках трубопроводов было видно лишь несколько капель воды. Он был уверен, что сантехник общежития увидел бы это.

Тома Кундж закончил работу в течение получаса, и утечка полностью прекратилась. Как только в возрасте четырнадцати лет он поступил на свинарник, главным образом для кастрации поросят, он начал выполнять сантехнические и электромонтажные работы во многих зданиях Джорджа Мукена, чтобы получить дополнительный доход. Но он никогда не ходил ни в какое другое место выполнять сантехнические или электромонтажные работы, и это был первый раз, когда он пошел заниматься сантехникой. Он пошел в общежитие только по указанию Джорджа Мукена, от которого не мог отказаться. Тома Кундж знал, что Парвати и Джордж Мукен в тот же день уезжали в Америку, чтобы побыть со своей дочерью неопределенное время. Накануне они пригласили Тома Кунджа к себе домой и во время ужина попросили его присмотреть за их поместьем, пока они не вернутся. Это означало, что они будут со своей дочерью Анупамой, и было мало шансов вернуться в Айянкунну в старости. Парвати и Джордж Мукен передали Тому Кунжу запечатанный конверт, сказав, что в нем содержится завещание, зарегистрированный юридический документ о том, что имущество будет принадлежать Тому Кунжу после их смерти. Придя домой, Тома Кундж спрятал его в своем стальном шкафу.

Закончив работу, он посмотрел вниз с террасы. У общежития была обширная территория, по меньшей мере четыре акра земли, заросшая кустарником и лианами. Сад перед общежитием был таким же неухоженным. Там и сям росло несколько старых или засохших кокосовых пальм без листьев, похожих на выброшенные дымовые трубы, которые он видел на фабрике по производству орехов кешью близ Талассери. Весь комплекс выглядел дьявольски, и Тома Кундж недоумевал, как женщины могут жить там комфортно и мирно. Примерно в двадцати метрах от главного здания находился колодец, затененный кустами и увитый лианами. Тома Кундж заметил железную лестницу, ведущую с террасы на площадку перед зданием хостела.

То Заключенній
Тишина

Служанка не стала дожидаться Тома Кунджа; она уже ушла, не сказав ему ни слова. Он открыл дверь с набережной и в одиночку спустился по лестнице. Общежитие было почти пустым, и повсюду царила тишина, как на кладбище. Хозяева гостиницы, должно быть, уехали в короткий отпуск. Он ужасно переживал из-за физического состояния здания, поскольку штукатурка во многих местах облупилась, а на стенах с большими дьявольскими изображениями было видно рассеивание воды во время муссонов.

Когда Тома Кундж вернулся в кабинет смотрителя общежития, она попросила его проверить уровень воды и положение погружного водяного насоса в колодце. Она могла бы убедиться в этом, посмотрев на колодец, и ее просьба не имела никакого смысла ни для Тома Кунджа, ни для общежития, поскольку она сказала ему, что он может вернуться после осмотра колодца. Он недоумевал, почему она не хочет получить от него отчет о количестве воды и местоположении насоса. Кроме того, она не платила ему за его работу, что он находил нетипичным. Возможно, это произошло потому, что она напрямую связалась с Джорджем Мукеном и произвела платеж. Но Парвати и Мукен уже отправились в аэропорт Каликута, чтобы во второй половине дня вылететь рейсом в Доху и Вашингтонский международный аэропорт имени Даллеса. Они должны были остаться с Анупамой на длительный период.

Как и накануне, неделю назад Мукен позвонил Тому Кунжу и попросил его присмотреть за его имуществом во время его отсутствия, вести бухгалтерию, платить работникам и контролировать работу фермы, включая коровники и свинарник. Всякий раз, когда они выходили на улицу, Тома Кундж руководил всей их работой. Это была большая ответственность, и Тома Кундж честно рассказывал о своей работе с Джорджем Мукеном и Парвати. Они доверяли ему, и у них были на него какие-то планы.

Поскольку он видел колодец с террасы здания, он пошел один, чтобы определить уровень воды и проследить положение погружного водяного насоса, который подавал питьевую воду в верхний резервуар. Он прошел через внутренний коридор и дверь рядом с кухней, ведущую во внутренний двор. Рядом с колодцем стояла насосная станция, которая была полуразрушена.

Тома Кундж прислонился к закругленной стенке колодца. Латеритовые каменные блоки опасно шатались; многие камни уже упали в колодец, а некоторые лежали на земле. Поскольку это был пик муссонов, в колодце было много воды, и он подумал, что может дотронуться до нее; он протянул правую руку внутрь колодца. Но вода была еще ниже. Когда он наклонился, пара камней упала в воду, произведя такой громкий всплеск, что собака в конуре начала громко лаять. Кухарка выбежала из кухни, и по ее лицу было видно, что она явно расстроена шумом.

- Что случилось? Что-то упало в колодец?" Она спросила.

"Упало несколько камней", - сказал Тома Кундж.

"Тогда почему ты склоняешься к колодцу?" - снова спросила она.

"Просто смотрю на скважину, чтобы определить глубину воды и расположение погружного насоса", - ответил Тома Кундж с легким смущением.

"Нет, я не могу тебе поверить", - сказав это, она подошла к Тома Кунжу и заглянула внутрь колодца.

"Я сказал тебе правду", - сказал Тома Кундж. Он знал, что данное ей объяснение было довольно глупым.

"Это было что-то увесистое; вода все еще плавучая", - сказала она.

"Почему ты мне не веришь?" - спросил Тома Кундж.

Она несколько минут смотрела на Тома Кунджа и вернулась обратно.

Внутри внутренней стены колодца был подлесок и лианы. Увидеть положение погружного насоса было невозможно, так как он находился на глубине не менее двадцати футов. Тома Кундж провел там две минуты, а затем направился к парковочному месту. Он видел лицо, наблюдавшее за ним из окна входа в общежитие, но не мог узнать этого человека. Тома Кундж завел свой велосипед и вышел на улицу.

Но Тома Кундж чувствовал себя ужасно, когда женщина усомнилась в нем. Возможно, она подумала, что он лжет, когда в воду упало что-то еще.

В первый день судебного разбирательства судья спросил, есть ли у Тома Кунджа адвокат для его защиты. Он ответил, что не может позволить себе нанять адвоката. После паузы он сказал, что дело было настолько простым, что он мог бы его объяснить и не нуждался в адвокате. Кроме того, он не был заинтересован в защите. Судья сказал ему, что суд может назначить бесплатного адвоката для его защиты. Тома Кундж в очередной раз сообщил судье, что он может рассказать правду, поскольку не верит в возможность самозащиты. В этом мире каждый должен защищать всех остальных.

Тома Кундж не придавал никакого значения значению слова "защита" в суде первой инстанции, поскольку думал, что сможет объяснить судье, что именно произошло. Его не волновало, что прокурор будет задавать различные вопросы, основанные на инциденте, в соответствии с Уголовным кодексом Индии, Уголовно-процессуальным кодексом и Законом о доказательствах. Тома Кундж не знал, что это был судебный процесс, основанный на доказательствах, а не на истине. Государственный обвинитель мог выдвинуть против него обвинения в изнасиловании и убийстве, основываясь на показаниях свидетелей, а не на правде или на том, что именно произошло.

Тома Кундж подумал об Аппу, о физических пытках, которым Тома Кундж подвергся в каюте директора, и о клятве, которую он дал именем Эмили, что никогда не будет защищаться ни в какой ситуации. Его не волновало, что допрос в кабинете директора и судебный процесс, основанный на доказательствах, в уголовном суде - это две разные реальности. В суде некоторым инцидентам не хватало доказательств, даже несмотря на то, что они были правдой, и никто не мог отрицать это, но не использовать в качестве доказательства. Таким образом, истина может быть опровергнута во время судебного разбирательства в суде первой инстанции. Инциденты были либо правдивыми, либо ложными, и никаких дебатов не было. В мире Тома Кунджа были только реальные происшествия, и не могло быть никаких ложных событий, поскольку фальши не могло существовать. Для него то, что произошло, было реальностью, и ее правдивость была выше всяких испытаний.

После многих дней судебного разбирательства, когда судья огласил вердикт, Тома Кундж понял, что это был несправедливый судебный процесс, а решение суда было фальшивым. По мнению суда, доказательства не могут существовать вне сферы обнаруженных фактов; их необходимо увидеть, услышать, потрогать, попробовать на вкус или понюхать. Предположим, человек не знал о цветке в лесу, которого не существовало. Тома Кундж был удивлен, узнав о новом определении действительности - постправде. У него сложилось впечатление, что что-то существовало без знания или доказательств. Но для суда первой инстанции этот факт был пережитой реальностью.

Итак, это произошло, как было засвидетельствовано, когда государственный обвинитель и свидетели заявили, что Тома Кундж изнасиловал несовершеннолетнюю, задушил ее и сбросил ее тело в колодец. Многие утверждали, что это произошло и стало истиной, изменив ее определение. Но Тома Кундж не мог с этим смириться, поскольку инциденты, приведенные с доказательствами, не имели места.

В ходе судебного разбирательства судья объяснил основные правила, которым необходимо следовать в суде. Внезапно Тома Кундж стал обвиняемым. Государственный обвинитель выступил со вступительным заявлением, в котором изложил суть дела: Тома Кундж отправился в женское общежитие, изнасиловал несовершеннолетнюю девочку в одной из комнат, задушил ее и, наконец, сбросил ее тело в колодец.

Тома Кундж не собирался делать пространных заявлений. Он сообщил суду, что отправился в общежитие, которым руководил Джордж Мукен, встретился с начальником тюрьмы и отремонтировал протекающий трубопровод, как его просили. Он снова пошел к начальнику тюрьмы, чтобы доложить, что завершил работу. Затем он подошел к колодцу, чтобы посмотреть уровень воды, как попросил его смотритель, и расположение погружного насоса. Наконец, он вернулся домой.

Тома Кундж не воспринял судебный процесс всерьез, поскольку никогда не думал, что это повлияет на его жизнь; он мог быть наказан за преступление, которого не совершал. Он не мог себе представить, что ему вынесут смертный приговор и он снова подаст апелляцию. И когда окончательная апелляция будет отклонена, его отправят на виселицу. Судебный процесс был похож на одноактную пьесу; он думал, что играет в школе, где он был персонажем. После одноактной пьесы он надел свою школьную форму и вечером вернулся домой. Он верил, что вернется домой, займется своей повседневной работой на свиноферме и присмотрит за поместьем в отсутствие Парвати и Джорджа Мукена, поскольку они уехали в США.

Свидетелей со стороны Тома Кунджа не было, поскольку у него сложилось впечатление, что его одного было достаточно, поскольку он отказался защищать дело. В свидетеле не было необходимости, поскольку никто не знал о его посещении женского общежития, кроме Парвати и Джорджа Мукена, которые уехали к своей дочери в Соединенные Штаты. Тома Кундж верила в правдивость того, что именно произошло в общежитии для работающих женщин в то воскресенье. Он думал, что судья поверит ему, когда он объяснит простые факты. Истина была проста, она была ясна, как солнечный свет, и в этом не было никаких сомнений. Это было то, что произошло; это было не то, чего не произошло, и об этом не было никаких споров, поскольку того, чего не произошло, не существовало. Это было похоже на то, как если бы все говорили, что солнце - это солнце, а луна - это луна, поскольку солнце не могло быть луной, а луна не могла быть солнцем.

Судебный процесс по уголовному делу был бессмысленным, поскольку нечего было оспаривать или проверять, и Тома Кундж мысленно усомнился в цели судебного разбирательства. Доказательства могли бы породить ложь, а правда была бы похоронена где-нибудь во время судебного разбирательства или в его конце. Доказательства были решающим фактором, и государственный обвинитель мог их представить, а наивный судья мог в это поверить, или он мог стать участником сплетен.

Судья был решающим фактором в уголовном процессе. Он мог быть как за правду, так и против нее. Он мог плыть по волнам, созданным государственным обвинителем, и скрывать факты, основанные на ложных доказательствах, или отстаивать правду, отвергая ложные доказательства.

Истина представляла собой реальность, которая была противоположностью лжи, а неправда не могла существовать, потому что ей не хватало самовибрации и внутреннего потенциала. Истина была связана с опытом, но это был не что иное, как факт; свидетель не мог изменить его. Поскольку ложь не могла изменить истину, истина всегда поддерживала другую истину и понимала следующую. Истина была категоричной, и когда она была произнесена, в ней утверждались конкретные факты, убеждения и утверждения, которые поддерживали друг друга, и не было никакого противоречия. Эмили, его мать, была правдой, как и его отец, Куриен, который любил его. То, что он сжег все изображения Святого Сердца Иисуса, Девы Марии и всех святых, было правдой. Несуществование Бога было истиной. Все люди обладали определенными знаниями и убеждениями в том, что их мир был истиной.

Тома Кундж не мог придумать неправды, поскольку он всегда говорил правду. Его мать и отец учили его говорить правду. И когда он сказал суду, что не видел девушку, не насиловал ее, не душил и не сбрасывал ее тело в колодец, то, что он говорил, было правдой. И он не знал, почему он должен просить адвоката защищать его в судебном процессе. Тома Кундж был его адвокатом, поскольку он мог говорить правду. Но он не смог понять, почему он должен убеждать судью в подлинности того, что он сказал. Обязанностью полиции было выяснить, кто был насильником, который убил несовершеннолетнюю девочку, задушил ее и сбросил в колодец. Невиновный человек не имел к этому никакого отношения, и Тома Кундж отказался назначить адвоката и не принял назначенного судом адвоката для его защиты. Ему не нужно было защищать себя, потому что убеждение кого-то в своей невиновности причиняло вред другому человеку, поскольку каждый нес ответственность за каждого.

Государственный обвинитель сочинял ложную историю, и Тома Кундж предположил, что судья отвергнет ее, поскольку его работа заключалась в поиске истины. Государственный обвинитель был ясен и последователен в своем изложении событий. Он был логичен и приводил доказательства за доказательствами, основанные на прочном фундаменте, который ставил под сомнение невиновность Тома Кунджа. Но то, что говорил государственный обвинитель, было неправдой, хотя и подкреплялось доказательствами. Доказательства стали антитезой факту, что привело Тома Кунджа на эшафот.

Свидетелями были смотритель общежития, горничная, повар и трое неизвестных лиц. Их история была построена на прочном логическом фундаменте, созданном взаимосвязанными положениями Уголовного кодекса Индии и Закона о доказательствах, сплетенными и оглашенными государственным обвинителем. Они выглядели как настоящая правда, но свидетелями были роботы для правдоподобия.

Первым свидетелем был дежурный. В сари она выглядела по-другому, но Тома Кундж узнал ее. Она заявила в суде, что открыла дверь после того, как подсудимый позвонил в колокольчик, и привела обвиняемого к начальнику общежития. Получив указания от начальника тюрьмы, она вывела обвиняемого на террасу по внутренней лестнице. Она заметила, что обвиняемый проявил любопытство и внимательно осмотрел стены и пол. Спустившись чуть ниже террасы, она открыла изнутри дверь, которая всегда была заперта. На террасе она показала обвиняемому работу, и он немедленно приступил к ней, но так и не заговорил с ней. Через две минуты она оставила его и спустилась вниз, не заперев дверь изнутри, поскольку обвиняемый должен был спуститься на встречу с начальником тюрьмы, чтобы проинформировать ее о проделанной работе. Обвиняемая вернулась через тридцать минут и увидела, как обвиняемый входит в комнату смотрителя общежития. Она не осталась с надзирателем общежития и обвиняемым, потому что у нее была другая работа, и она не знала о том, что произошло потом.

Судья сказал подсудимому, что, поскольку у него нет адвоката, который мог бы представлять его интересы, он может допросить свидетеля. Тома Кундж ни о чем не спрашивал свидетеля, поскольку то, что свидетель сказал в суде, было правдой для свидетеля, и он не хотел допрашивать свидетеля.

"Почему вы молчите?" - спросил судья.

"Это мое право хранить молчание?" - ответил Тома Кундж.

"Вы обвиняемый", - сказал судья.

"Для них я обвиняемый, но что касается меня, то я невиновен", - сказал Тома Кундж.

"Вам нужно защитить себя", - сказал судья.

"Они должны защитить меня, не обвиняя ложно, поскольку я никого не обвиняю. Невозможно ответить на все обвинения, и я не реагирую ни на одно из них", - ответил Тома Кундж.

Судья рассмеялся.

Следующим свидетелем был молодой человек, у которого были проблемы с ходьбой, как будто он страдал полиомиелитом. Он сообщил суду, что последние десять лет работал уборщиком в общежитии. Подростком он поехал туда и работал, помогал повару и выполнял поручения смотрителя общежития. Обычно он запускал насос каждое утро в пять, а вечером в шесть. Он жил холостяком в маленькой комнатке под лестницей на первом этаже общежития. Как сироте, ему некуда было пойти во время каникул.

Это было около четырех сорока пяти пополудни в воскресенье. Он отдыхал в своей комнате, слушая песни из фильмов. Вдруг он услышал, как кто-то плачет. Это был голос молодой девушки; поскольку он прожил в женском общежитии более десяти лет, он мог узнавать женские голоса. Но это был девичий крик, и он открыл дверь и вышел в коридор. И снова раздался слабый крик. Он был уверен, что это доносилось из комнаты на первом этаже. Он лихорадочно искал нужную комнату и обнаружил, что она заперта изнутри. Он знал, что девушка остановилась в комнате своей сестры. Она пришла в общежитие утром, не зная, что ее сестра накануне ушла домой. Девушка ждала в своей комнате, так как вечерний автобус в ее город отправлялся около пяти.

Он постучал в дверь, но никто не открыл. Но он был уверен, что девушка была там, в комнате. Он побежал к кабинету смотрительницы общежития, но ее там не было, он поискал ее и примерно через двадцать минут нашел в саду. Сообщив ей о случившемся, он побежал в комнату девушки. Смотритель общежития побежал впереди него. Когда они вошли в коридор, было около пяти вечера, и он увидел, как обвиняемый нес девочку на руках и бежал по коридору. Обвиняемый открыл дверь со стороны кухни, но не мог видеть надзирателя, следовавшего за ним. Когда свидетель подошел к порогу, он увидел обвиняемого, склонившегося к колодцу.

"Я не видел его лица, но у меня был вид сбоку. Я уверен, что обвиняемый был тем человеком, который бежал с телом девушки", - сказал свидетель. Прокурор попросил судью записать события в их последовательности, и машинистка напечатала каждое слово свидетеля.

Тома Кундж с удивленным видом слушал, что говорит уборщик. Это была неправда.

Судья спросил подсудимого, хочет ли он допросить свидетеля. Тома Кундж сказал то, что сказал о нем свидетель, и рассказанные события были ложью. Он не входил в комнату девушки и никогда не знал девушку, о которой говорил свидетель. Тома Кундж никогда не видел эту девушку, и не могло быть и речи о том, чтобы изнасиловать, задушить, пробежать с ее телом по коридору и сбросить его в колодец.

Тома Кундж отказался допрашивать свидетеля, поскольку, по его мнению, допросив свидетеля, он не сможет изменить неправду, произнесенную свидетелем.

Как вы докажете, что вы невиновны?" - спросил судья.

"Почему я должен доказывать, что я невиновен? Я невиновен, и это факт. Но я не хочу доказывать всем, кто выдвигает ложные обвинения в мой адрес. Для меня по-человечески невозможно остановить людей от того, чтобы они говорили неправду. Это мое право - не реагировать на ложь", - сказал Тома Кундж.

" Это вы являетесь обвиняемым. Только опровержение того, что сказал вам свидетель, может доказать вашу невиновность", - сказал судья.

- Так и есть. Зачем мне нужны внешние доказательства, подтверждающие мою невиновность?" Ответил Тома Кундж.

"Мне нужны доказательства; я не ищу истину. Доказательства могут опровергнуть неправду. Вашего молчания, уверенности в своей правоте и простоты будет недостаточно в суде первой инстанции. Вы должны защитить себя от опасностей, угрожающих вашей жизни", - объяснил судья.

"Я не верю в судебный процесс, который не основан на категорической истине", - ответил Тома Кундж.

Судья рассмеялся.

Следующим свидетелем был садовник общежития. Он сказал, что в течение шести лет жил в старой двухкомнатной лачуге на территории общежития со своей женой и двумя детьми. По воскресеньям у него не было работы, но он часто прогуливался по саду общежития. Около пяти двадцати он услышал шум возле колодца, подбежал к нему и увидел, как обвиняемый бросает тело девушки в колодец. Надзирательница общежития была прямо за дверью, рядом с кухней, а уборщица стояла у нее за спиной. Из колодца донесся плеск. Выбежала кухарка и накричала на обвиняемого, спрашивая, что он делает. Подсудимый не произнес ни слова, он хранил молчание. Садовник сказал, что он испугался, увидев лицо обвиняемого. Вскоре он завел свой велосипед и уехал как ни в чем не бывало.

Тома Кундж удивленно посмотрел на садовника. Он был уверен в своем повествовании, как будто это произошло на самом деле. Но садовник был нечестен; ничто из того, что он говорил, не было правдой.

Судья еще раз повторил, был ли обвиняемый заинтересован в допросе свидетеля. Тома Кундж сказал судье, что то, что сказал свидетель, было чистым воображением. Несмотря на то, что свидетель солгал, Тома Кундж не был заинтересован в допросе свидетеля, поскольку ложь не может быть преобразована в правду.

Следующим свидетелем был привратник общежития, здоровенный мужчина, около шести футов ростом, лет сорока. Предыдущие двенадцать лет он проработал в женском общежитии. Было еще два привратника, каждый из которых работал по восемь часов в день. Всякий раз, когда кто-то уходил в отпуск, другие работали по двенадцать часов. В воскресенье он приступил к своей работе в шесть утра. Обвиняемый добрался до общежития около трех часов дня, и привратник попросил его припарковать свой велосипед на стоянке для двухколесных транспортных средств. Он спросил подсудимого, почему он там оказался, и подсудимый сказал ему, что он был там, чтобы встретиться с начальником тюрьмы и провести кое-какие ремонтные работы. Затем обвиняемый вошел внутрь. Около пяти двадцати из колодца донесся громкий шум, и он услышал крики и плач каких-то людей. Он побежал к колодцу, а подсудимый стоял возле колодца. Смотрительница общежития стояла за кухонной дверью, а уборщица - у нее за спиной. Садовник стоял и заглядывал в колодец. Прибежал повар и спросил обвиняемого, что он делал, почему был шум, и задал еще несколько вопросов. Привратник мог узнать обвиняемого в лицо, поскольку тот попросил его припарковать свой велосипед на стоянке для двухколесных транспортных средств.

Затем государственный обвинитель спросил, может ли он опознать обвиняемого. Привратник громко сказал: "Да", повернулся к Тома Кунжу и сказал суду, что он был тем человеком, о котором он говорил, и он был тем человеком, который стоял возле колодца.

Тома Кунджу захотелось рассмеяться, поскольку он знал, что привратник лжет. Но он думал, что это несерьезно; вся судебная драма была одноактной пьесой, и после спектакля он отправлялся домой. Тома Кундж не мог осознать серьезности судебного разбирательства, которое он считал детской забавой.

Судья дал Тому Кунжу еще один шанс допросить свидетеля, и Тома Кундж сказал судье, что то, что свидетель сказал в суде, было неправдой, которой никогда не было. Кроме того, он никогда раньше не видел свидетеля и не хотел допрашивать кого-то, кто говорил неправду в суде.

Следующим свидетелем был повар. Она рассказала суду, что возле кухни, рядом с колодцем, была большая суматоха, поэтому она выбежала на улицу посмотреть, что происходит.

Смотритель общежития и уборщик уже были там. Садовник заглядывал в колодец.

Свидетель спросил подсудимого, что произошло и не упало ли что-нибудь в колодец. Обвиняемый ответил, что в колодец упало несколько камней. Затем свидетель спросил, почему обвиняемый наклонился к колодцу, и он ответил, что заглядывал в колодец, чтобы найти рычаг подачи воды и расположение погружного насоса. Свидетельница сказала, что не могла поверить ответчику, так как в колодец упало что-то увесистое, и вода поднялась. Свидетель сказал суду, что подсудимый выглядел так, словно что-то скрывал. Пара упавших камней не произвела бы такого шума. Шум был вызван тем, что обвиняемый бросил в колодец тяжелый предмет.

Судья спросил, хочет ли подсудимый допросить свидетеля. Тома Кундж ответил судье, что он отказался допрашивать свидетеля, но хотел бы прокомментировать то, что сказал свидетель. Судья разрешил ему высказать свои замечания. Обвиняемый сказал, что то, что свидетель сказал о нем, было правдой, но то, что свидетель сказал о других свидетелях, было неправдой.

Государственный обвинитель заявил, что обвиняемый согласился с показаниями свидетеля, отказавшись его допрашивать.

Последним свидетелем был смотритель общежития. На ней было белое хлопчатобумажное сари и блузка с длинными рукавами. Ей было около пятидесяти пяти лет, и выглядела она впечатляюще, с аккуратно причесанными и завязанными на затылке седыми волосами. Оправа очков была серебряной, а голос у нее был медленный, но громкий и ясный, как будто она говорила из глиняного кувшина, хотя ее лицо ничего не выражало; в ее голосе не было никаких эмоциональных изменений. Вначале она рассказывала о происшествиях от третьего лица.

Обвиняемый пришел в общежитие около трех двадцати пополудни. Начальник тюрьмы объяснил характер работы, которую должен был выполнить Тома Кундж. Вместе с дежурным по общежитию он поднялся на террасу, чтобы устранить утечку в трубопроводе верхнего бака. Служащий немедленно вернулся, и обвиняемый завершил работу в течение получаса. Обвиняемому заплатили за его работу, и начальник тюрьмы попросил его уйти. Затем надзиратель заговорил о жертве.

Она была пятнадцатилетней школьницей, которая пришла в общежитие около половины девятого утра, чтобы встретиться со своей сестрой, работающей в гостинице. Девочка была пансионеркой в школе, расположенной примерно в двух километрах от общежития для работающих женщин. В некоторых случаях, с разрешения директрисы своей школы, она навещала свою сестру, чтобы провести с ней воскресенья, и возвращалась в школу на следующий день ранним утром. В тот день она отправилась в общежитие, чтобы поехать со своей сестрой к ним домой на семидневный отпуск, не зная, что ее сестра уже уехала. Около пяти вечера в ее родной город отправлялся прямой автобус, который добирался до нее за два часа, поэтому девочка ждала в комнате своей сестры одна. Проходя по коридору общежития, обвиняемый увидел девушку; он вошел в ее комнату, изнасиловал ее и задушил.

Услышав шум в комнате, уборщица общежития бросилась в комнату. Она была заперта изнутри. Он мог слышать слабые крики, доносившиеся из комнаты. Затем он побежал в комнату надзирательницы, чтобы сообщить ей об этом.

Внезапно надзиратель перевел повествование от первого лица.

"Дворник встретил меня в саду и рассказал о шуме в комнате девочки. Вместе с ним я поспешил внутрь здания общежития. Я видел, как обвиняемый бежал по коридору, неся тело девушки. Было видно его лицо. Он был ответчиком. Было около пяти пятнадцати, и обвиняемый находился в комнате девушки около получаса. Я с криком побежал за ним, но он открыл дверь, вышел и сбросил тело девушки в колодец. Садовник уже был там, прибежал привратник, потом повар."

Обвиняемый изнасиловал девушку, задушил ее, взял ее тело на руки, подошел к колодцу и бросил его в воду.

Тома Кундж недоверчиво посмотрел на начальника тюрьмы. То, что она сказала, было неправдой. Смотрительница общежития знала, что она лжет, но она выдала то, что сказала, за правду.

Судья спросил Тома Кунджа, хочет ли он допросить свидетеля. Тома Кундж сказал судье, что почти все, сказанное свидетелем, было ложью. Он не хотел расспрашивать ее, так как ложь никогда не могла стать правдой. Она имела право говорить то, что хотела, но в то же время у нее был долг говорить правду. Но она с треском провалилась, поскольку ее показания не соответствовали действительности.

Правда была искренней, неподдельной и честной, и она не нуждалась в проверке или доказательствах, чтобы быть правдой. Защищались только те, кто боялся других. Тот, кто верил в себя, стоял в одиночестве, и Тома Кундж стоял в одиночестве. Бесстрашный, он принимал все, что происходило. Но он оспаривал все, что противоречило действительности, даже несмотря на то, что ему не удалось убедить судью, который уже был убежден его историей. Он хотел навсегда стереть эту историю, а судебный процесс был химерой для других. Когда ребенок рос в утробе матери, он умолял мать сделать аборт, поскольку его рождение повлияло бы на его юридическую практику и его будущее. Но женщина отказалась подчиниться.

Это было чистое совпадение, что дело Тома Кунджа рассматривалось в его суде. Он знал о невинности Тома Кунджа, но не хотел взваливать на себя бремя своей влюбленности в молодую женщину.

Куриен никогда не спрашивал о прошлом женщины, с которой он познакомился в парке Юбилея в Коттаяме. Ее ребенок родился у его тети. Он женился на ней, уехал с ней в далекую страну и работал на свинарнике. Куриен любил Тома Кунджа как собственного сына.

Тома Кундж не совершал убийства, поскольку он не насиловал и не душил девушку. Судья не согласился с тем, что сказал Тома Кундж, поскольку он верил в то, что сказал государственный обвинитель. Государственный обвинитель хотел выиграть его дело, поскольку MLA был его другом; кроме того, судья хотел стереть его прошлое. У них обоих были разные цели, которых они должны были достичь, не зная мотивов друг друга.

Тома Кундж не был обязан опровергать все аргументы, разоблачая ложь других. У него было право молчать, а не защищаться, и он не верил в то, что можно защитить себя. Он не видел несовершеннолетнюю девочку, и это был факт.

Если судья отказался принять эту точку зрения, то это была не вина Тома Кунджа, поскольку судья не смог узнать правду и напортачил в установлении личности настоящего насильника. В обязанности Тома Кунджа не входило разыскивать насильника, поскольку это входило в обязанности полиции.

Тома Кундж предположил, что судья мог легко определить его невиновность, когда он искал факты и указания. Обязанностью судьи было вынести вердикт, основанный на фактах, и Тома Кундж не был обязан просвещать судью. Если судья вынесет неправильное решение, это продемонстрирует его неспособность обеспечить правосудие. Эгоистичные люди защищали себя, а неразумные судьи вынесли неверный вердикт. У Тома Кунджа не было эгоистичных мотивов жить. Его усилия состояли в том, чтобы вести искреннюю жизнь, не причиняя вреда другим. Поскольку он не был смыслом своей жизни, у него не было причин защищать свою жизнь, даже несмотря на то, что жизнь каждого была драгоценна для всех без исключения.

Государственный обвинитель сообщил суду, что все свидетели видели подсудимого, и двое из них видели, как он нес тело несовершеннолетней девочки и бросал его в колодец. Двое из них видели, как он наклонился к колодцу; все шестеро услышали громкий шум из колодца, когда тело несовершеннолетней девочки упало в воду. Все шесть свидетелей были уверены, что подсудимый совершил эти преступления. Обвиняемый изнасиловал, задушил и убил несовершеннолетнюю девочку. Затем он бросил ее тело в колодец. Он боялся допрашивать свидетелей, так как боялся встретиться лицом к лицу с доказательствами, и он не мог доказать ничего ложного в доводах свидетелей.

С его различными разделами и хитросплетениями уголовного законодательства, а также сложностями закона о доказательствах государственный обвинитель создал мир, в котором он присвоил Тому Кунжу титул насильника и убийцы. Каждое его слово было ловушкой, крошечной частью гигантской сети, которая опутывала Тома Кунджа медленно, но последовательно, шаг за шагом. В глазах других у Томаса Кунджа не было спасения, не было выхода, поскольку его невиновность исчезла, как утренний туман над горной вершиной. Тома Кундж не проявлял никакой привязанности к самому своему существованию. Он был отстранен от того, что происходило в суде, и не беспокоился о том, что произойдет дальше. Для государственного обвинителя это выражение было признанием его вины.

В некоторых случаях Тома Кундж думал о том, чтобы признать свою вину. Бедная девушка была кем-то изнасилована и убита, и кто-то должен был признаться в этом преступлении. Было важно, чтобы кто-нибудь сказал, что он это сделал, и никто не встал из зала суда и не сказал: "Да, я это сделал". Было неправильно не признавать свою вину, поскольку кто-то должен был это сделать. Но он считал своим долгом признать свою ответственность и прекратить дальнейшее судебное разбирательство. Никогда в жизни Тома Кундж не оказывался в такой трясине, чтобы его разум требовал от него признаться в том, чего он не совершал. Это должно было помочь судье не продолжать судебный процесс без видимого преступника. У него была жертва, и неизбежно был убийца; его долг был признаться в этом, даже если он не был преступником. Но он был обвиняемым, хотя и не насиловал девушку, не душил ее и не сбрасывал в колодец. Это была шальная мысль, но противоречащая его убеждениям.

В своем молчании Тома Кундж предстал как насильник несовершеннолетней девочки, хотя он никогда ее не видел. Ему пришлось взвалить на свои плечи бремя преступления.

Хранить молчание выходило за рамки привилегии против самооговора. Это было право не говорить даже о своей невиновности, не защищая себя, поскольку каждый был обязан защищать всех и нес ответственность за то, чтобы не обвинять других, выдвигая ложные обвинения. Почему человек должен защищаться, было вопросом без ответа для Тома Кунджа; никто не мог дать ему надлежащего ответа, даже судья.

Это было сокрытие информации о невиновности, поскольку человек не должен трубить о своей славе.

"Я сам себе адвокат, но я не хочу говорить о себе, поскольку считаю, что мне не нужно себя защищать. Долг других людей и общества - не говорить неправду обо мне", - сказал Тома Кундж судье, когда суд начался в последний день, и судья рассмеялся над его глупостью. Судья счел доводы Тома Кунджа безвкусными, пустыми, поверхностными или безрассудными.

Тома Кундж недоверчиво посмотрел на судью, поскольку ожидал, что судья не воспримет его молчание как улику против него.

Государственный обвинитель громко рассмеялся, присоединяясь к судье. Тома Кундж посмотрел на государственного обвинителя со скептицизмом и удивлением. Он думал, что судья и государственный обвинитель не знают о стремлении человеческих сердец быть честными во всех поступках и убеждениях.

Выражение лица государственного обвинителя было бы торжествующим, когда судья огласил бы вердикт о виновности Тома Кунджа. Он изнасиловал, задушил и сбросил тело несовершеннолетней девочки в колодец женского общежития.

На лице Тома Кунджа отразилось недоумение, когда он услышал выражение радости государственного обвинителя, удовольствия, проистекающего из агонии невиновного. Государственный обвинитель знал, что он плетет ложь в интересах своего друга-политика; когда он станет министром, его назначат судьей.

Тома Кундж посмотрел на государственного обвинителя и судью с презрением и жалостью.

Его попытки убедить кого-либо в том, что он никогда не прикасался ни к одной девушке или женщине, кроме своей матери, Эмили, Парвати и Амбики, были тщетны. Ему не удалось доказать, что он никогда не думал об изнасиловании девушки или женщины, поскольку у него никогда не было такого порочного сексуального влечения.

Ему никогда не приходило в голову кого-либо задушить, поскольку он никогда ни на кого не сердился, кроме Аппу.

Но Аппу был порочен. Он пытался публично унизить Тома Кунджа, и его целью была мама Тома Кунджа. Эмили была его гордостью, и любой, кто хотел сказать о ней плохое слово, разбивал ему сердце. Он не мог смириться с этим; боль была за пределами его воображения.

Его незнание человеческого поведения заставляло его хранить молчание, которое другие считали проявлением его преступности. Его доверие ко всем, кого он встречал, делало его уязвимым, а его спокойствие и доброта противостояли ему. У него не было ясности в объяснении инцидентов, ему не удавалось понять концепции полиции, закона и суда. Его простая жизнь противостояла ему, как будто он был интровертом, асоциальным человеком и врагом людей. Слушая государственного обвинителя, Тома Кундж усомнился в его убежденности в своей невиновности, и он подумал, что, возможно, изнасиловал ее, задушил и бросил тело в яму, не увидев девушку и не прикоснувшись к ней.

Даже у виселицы тишина затмевала все, за исключением нескольких минут до того, как окружной судья зачитал ордер.

Ни одному заключенному не разрешалось присутствовать при казни другого заключенного. Тома Кундж знал, что начальник тюрьмы, два старших тюремщика и минимум двенадцать охранников, включая десять констеблей и двух главных констеблей, будут на виселице. Там не было бы священника, поскольку Тома Кундж не верил в Бога. Суперинтендант мог бы разрешить социологам, психологам и психиатрам, занимающимся изучением поведения убийц и осужденных, присутствовать при казни.

Казнь должна была состояться до восхода солнца, и все заключенные были бы заперты в своих бараках и камерах.

Тома Кундж был бы в капюшоне, поскольку ему не позволили бы увидеть виселицу.

Тюрьма была собственной вселенной, миром для тех, кто потерял свою свободу. Для общества потеря независимости была вызвана незаконным присвоением свободы. Но если бы изначально не было свободы, то где Тома Кундж мог бы присвоить себе свою автономию? Самоопределение было утрачено, чтобы обрести его, и если не было "я", самоуправление исчезало в пустоши существования.

Тома Кундж проиграл навсегда, когда его последняя апелляция была отклонена.

"Осужденный является опасным сексуальным маньяком; он представляет угрозу мирному сосуществованию людей, которые уважают и подчиняются закону страны; его просьба о помиловании не может быть удовлетворена".

Приговор, состоящий из одного предложения, был точным; он вынудил тюремные власти смазать виселицу маслом, которая долгое время не использовалась, и поручил суперинтенданту раздобыть прочную петлю для повешения Тома Кунджа.

Но значение словосочетания 'опасный сексуальный маньяк' было выше его понимания.

То Заключеннй
Тишина

Он пытался сделать это понятным в течение целой недели, но потерпел неудачу. Никто в тюрьме не мог заставить его понять смысл этого. Он мог бы попросить ее объяснить это простыми словами, если бы его мама была жива. Он видел, как она составляла письма для директора своей школы, который не мог правильно говорить или писать по-английски. Если бы Парвати и Джордж Мукен были там, он мог бы спросить их. Но они уехали в Америку в тот же день, когда Тома Кундж отправился в женское общежитие, чтобы починить протекающий трубопровод в верхнем резервуаре.

Тому Кунжу также было не менее сложно понять значение этих слов - угроза мирному сосуществованию отдельных людей. Тома Кундж никогда ни для кого не представлял опасности, за исключением того, что ударил Аппу, который назвал свою мать вешьей. Он был в ярости из-за того, что Аппу пытался очернить характер мамы. Это было больно; это причинило ему непоправимую боль. Два его зуба выпали, и он кашлял кровью. Это был единственный раз, когда Тома Кундж представлял угрозу мирному сосуществованию отдельных людей. Но никто не осознавал всей серьезности злого умысла в словах Аппу. Он не имел права называть маму проституткой.

Но школа вычеркнула Тома Кунджа из списка и отказалась выдать ему свидетельство о переводе; он не мог поступить в другую школу. Поскольку это был конец его учебы, Джордж Мукен встретился с директором школы, умоляя выдать ему свидетельство о переводе, и вернулся разочарованный.

Тома Кундж пошел в свинарник. Он был хорош в кастрации поросят; его нож был острым, и Тому Кунжу потребовалось всего две минуты, чтобы выполнить свою работу. В течение двух дней поросята пришли в норму; они ели больше и стали толстыми и крупными. Возрос спрос на мясо кастрированных свиней. Но он не мог забыть свою школу, так как хотел учиться, стать инженером и путешествовать за границу, как Парвати и Мукен. Но Тома Кундж спал, мечтая о своих поросятах, и ему нравился поросячий запах.

Отклонение его первой апелляции также было резким и пронзительным:

"Закон требует беспристрастности, справедливости и равенства. Задушив несовершеннолетнюю, обвиняемый изнасиловал ее и сбросил тело в колодец. За ним числятся серьезные проступки. Молитва о помиловании отклонена".

Тома Кундж не смог понять подлинность слов, использованных в приговоре. Никогда в его жизни не случалось подобных инцидентов, и он не мог припомнить, чтобы насиловал несовершеннолетнюю, за ним не числилось проступков, и он даже никогда не обнимал никого, кроме своей матери. Когда он был маленьким, Парвати часто обнимала его, запечатлевая сладкие поцелуи на его лбу. Для Тома Кунджа инцидент и обвинения в приговоре и отклонении его апелляций были фальшивыми. У него ни разу не было секса с женщиной, и ему было тридцать пять, и он шествовал к виселице за изнасилование и убийство несовершеннолетней.

Внезапно шествие прекратилось; не было слышно шагов; наступила полная тишина. В тюремных стенах спали все, кроме суперинтенданта, тюремщиков, врача, охранников и Тома Кунджа. Им потребовалось три минуты, чтобы добраться до места; до виселицы им потребуется две минуты. Окружной судья зачитывал ордер; палач подводил его к эшафоту, подвешивал над люком и накидывал веревку ему на шею. Он подходил близко к осужденному и шептал ему на ухо:

- Простите меня, я выполняю свой долг.

Его долгом было повесить невинного человека. Но в его обязанности не входило проверять, действительно ли осужденный виновен; это была обязанность судьи. Как и многие другие судьи в бесчисленных делах, судья не справился со своей задачей.

Последним действием палача было потянуть за рычаг виселицы. Затем врач проверял, был ли повешенный мертв, и подписывал окончательный акт.

Путь от камеры до виселицы займет меньше десяти минут.

Еще десять минут он болтался в петле внутри ямы.

Социологи, психологи, криминологи и психиатры начинали свои бесконечные дебаты, и к ним присоединялись многочисленные журналисты. Они писали бы научные статьи и вели бы дискуссии.

Суперинтендант обернулся:

- Закройте ему лицо, - приказал он.

Старший тюремщик достал черную простроченную ткань и положил ее на голову Тома Кунджа, аккуратно прикрыв его лицо. Он больше не увидит солнце, луну, звезды, животных, птиц, деревья, лианы, своего любимого Айянкунну, вершины Аттайоли, покрытые муссонными облаками, реку Барапужу, слонов и тигров на ее берегах, кокосовые фермы, свинарник или людей, включая Парвати, Джорджа Мукена и Разака.

Покрывание головы и лица осужденного черной тканью перед повешением было ритуалом, направленным на защиту достоинства повешенного. Осужденный не должен видеть виселицу; никто не увидит выражения его лица и эмоциональных потрясений, когда он будет болтаться в петле. Общество беспокоилось о самоуважении осужденного, хотя оно без колебаний отказало ему в свободе, обвинив его в изнасиловании и удушении несовершеннолетней девочки, что, как знали свидетели, было ложью. Но они обвинили Тома Кунджа, поскольку он был легкой добычей. Все свидетели извлекли выгоду из того, что рассказали вымысел. Надзиратель защищал взрослого сына политика, баллотирующегося на выборах в государственную ассамблею, главное представительство законодателей в штате Керала.

Тома Кундж провел одиннадцать лет в тюрьме. К тому времени молодой человек стал министром образования штата и посетил многие школы и колледжи в качестве почетного гостя. Он посоветовал девочкам защищать себя от возможных изнасилований и сексуальных проступков таких мародеров, как Тома Кундж, живо вспомнив ту неделю, когда он прятался в спальне смотрителя общежития после того, как изнасиловал несовершеннолетнюю девочку и сбросил ее тело в колодец. Мужественный молодой человек никогда не слышал о Разаке, но Тома Кундж не был Акимом, и он забыл защищаться.

Верховный суд и президент отклонили апелляции Тома Кунджа, и процессия началась с Тома

Кунджа, самого защищенного человека в Индии, на десять минут. Однажды он был на параде в честь Дня республики, и в последний день своей жизни, надев черный капюшон, он без вины промаршировал к виселице, лишенный дара речи.

ЧЕРНАЯ ТКАНЬ

Когда Эмили повесилась на кресте, она была почти обнаженной. Казалось, будто она обнимает обнаженного Иисуса.

Эмили сделала свою веревку из кокосовой шелухи; на ее изготовление ушло около недели. Около половины четвертого утра она открыла дверь комнаты своего сына, подошла к его кровати и с минуту смотрела на него. Она жила только ради него в течение тринадцати лет и отказалась сделать аборт, когда он рос в ее утробе. Когда родился Тома Кундж, Эмили было девятнадцать.

Тридцать два года - слишком юный возраст для смерти.

Эмили умерла в одиночестве на кресте перед церковью.

Была дождливая ночь; Эмили выходила из своего дома; в левой руке у нее была веревка, а в правой - пластиковый табурет. В кромешной темноте она прошла около пятисот метров; она досконально знала тропинку, так как проходила по ней тысячу раз, каждое воскресенье, праздничные дни, дни всех святых и поминовения усопших в течение тринадцати лет.

Тусклый свет со шпилей церкви отбрасывал длинные тени на гигантский крест из темного гранита, а металлическая статуя Иисуса была похожа на большую ящерицу.

Эмили регулярно посещала церковь, и Тома Кундж сопровождал ее, когда она была маленькой.

Куриен отказывался ходить в церковь; он не верил в Бога; он предпочитал свиней.

Куриен не возражал против того, чтобы Эмили и Тома Кундж ходили в церковь; он никогда не навязывал свои убеждения другим. Он любил свою жену и сына и жил ради них. Когда его тетя настояла на церковном бракосочетании с Эмили, он пошел с ней в церковь.

Джордж Мукен и Парвати дали ему работу, и он был им благодарен. Куриен только что закончил годичный сертификационный курс по свиноводству в ветеринарном колледже и увидел небольшое объявление о вакансии управляющего свинофермой. Он отправился в Айянкунну и встретился с Парвати и Мукеном; он им понравился, и они оценили его энтузиазм, системный подход, надежду и целеустремленность. Ему было всего семнадцать. Куриен построил небольшую хижину в углу земли Джорджа Мукена, а позже Мукен подарил ему пол-акра земли вокруг хижины, когда к нему присоединились Эмили и Тома Кундж.

То Заключенні
Тишина

Он проработал с ними семь лет, прежде чем привез Эмили и Тома Кунджа в Айянкунну. Впервые Куриен взял трехдневный отпуск и отправился в Коттаям, чтобы встретиться с сестрой своего отца Мариам, его единственной оставшейся в живых родственницей. Она проработала медсестрой в Великобритании в течение сорока лет, и когда ее муж, врач, умер, она вернулась в дом, который они с супругом построили в Коттаяме, оставив своих детей и их потомков в Англии.

Куриен потерял свою мать, когда был совсем маленьким, а его отец, клерк в офисе сборщика налогов, больше не женился, пристрастился к алкоголю, потерял все и умер на углу улицы. С десяти лет Куриен работал в коровнике, продолжил учебу, поступил в университет, а затем прошел годичный сертификационный курс по свиноводству.

На второй день пребывания с сестрой своего отца, около семи вечера, Куриен увидел молодую беременную женщину, одиноко сидевшую в парке Джубили, рядом с домом его тети. Он понял, что она нуждается в помощи. Моросил дождь, и становилось темно; он подошел к ней вплотную. Своим поросячьим чутьем он почуял, что она была на последней стадии беременности и нуждалась в немедленной помощи. Женщина сказала ему, что ей некуда идти, и Куриен попросил ее пойти с ним в дом его тети, ни о чем не думая. Она не могла ходить; Куриен нес ее на руках.

Мариам не теряла времени даром. Она отвела Эмили внутрь, вымыла ее теплой водой, накормила питательной пищей и помассировала ей ноги и руки. Всю ночь она не спала и оставалась с беременной женщиной. Ровно в пять минут пятого на следующий день Эмили родила. Куриен был там, чтобы помочь своей тете в течение ночи, и он был первым, кто прикоснулся к ребенку, поскольку его опыт в свинарнике Джорджа Мукена ему очень помог.

На седьмой день Мариам отнесла младенца в свою приходскую церковь; Эмили и Куриен последовали за ней. Они крестили ребенка; Мариам предложила назвать младенца Томасом в память о святом апостоле Фоме, основателе христианства в штате Керала. Священник читал молитвы на арамейско-сирийском и малаяламском языках.

Мариам устроила вечеринку и пригласила на этот вечер приходского священника, пономаря, алтарных служек и своих ближайших соседей.

Куриен продлил свой отпуск еще на одну неделю, в общей сложности на десять дней, и планировал вернуться в Малабар, оставив Эмили и Тома Кунджа на попечение Мариам на следующий день. Он сказал Эмили, что вернется на следующий день. Эмили посмотрела на него и беззвучно заплакала.

- Ты хочешь пойти со мной? Я работаю на свинарнике; у меня нет ничего, кроме хижины, построенной на земле моего работодателя", - сказал Куриен.

"Я с удовольствием отправлюсь с тобой куда угодно на земле; мне не нужно богатство, а только любовь и тот, кого можно любить", - ответила Эмили.

"Ты уверен?" Куриен хотел получить заверения от Эмили.

- Конечно. Я буду жить с тобой и умру вместе с тобой, - сказала Эмили.

Куриен и Эмили рассказали Мариам о своем решении. Мариам снова отвела их в церковь, подарив Эмили свадебное платье, костюм Куриену и два обручальных кольца. Перед священником Эмили и Куриен обменялись клятвами, обещаниями любви и преданности, которые они дали друг другу. После произнесения клятв они обменялись обручальными кольцами на безымянном пальце левой руки, полагая, что на безымянном пальце есть вена, идущая прямо к их сердцам. После этого священник объявил Эмили и Куриена мужем и женой.

- Теперь я объявляю вас мужем и женой.

Наконец, священник благословил их "во имя Отца, и Сына, и Святого Духа".

Мариам выразила желание удочерить Тома Кунджа, поскольку Эмили и Куриен не стали бы жертвами сплетен и покушений на их характер. Она искренне любила Тома Кунджа и была готова заботиться о нем как о своем внуке, готовя его стать врачом, инженером или сотрудником IAS.

Эмили не могла представить себе мир без своего сына и мужа.

Мариам хотела, чтобы у нее был кто-то, кого она могла бы любить в старости, так как она устала от своей одинокой жизни; тем не менее, она понимала любовь Эмили к своему сыну.

Эмили прижимала Тома Кунджа к своему сердцу, когда они ехали поездом из Коттаяма в Талассери.

Это было первое путешествие Эмили в Малабар, и ей понравился Айянкунну. Парвати и Джордж Мукен приняли Эмили, Тома Кунджа и Куриена с распростертыми объятиями и устроили вечеринку для всех своих работников в своем фермерском доме, чтобы поприветствовать Эмили и малыша. Парвати бесконечно разговаривала с Эмили и выражала радость от встречи с ней и того, что она стала ее соседкой и другом.

Джордж Мукен и Парвати подарили Эмили, Тому Кунджу и Куриену по пол-акра земли вокруг их приюта.

Куриен и Эмили начали свою жизнь в своей крошечной хижине, и Парвати и Джордж Мукен пообещали помочь им финансово построить дом. Эмили сказала им, что ей нужно работать и она не ожидает прямой финансовой помощи. Но поскольку у нее не было диплома о подготовке учителей, она не имела права устраиваться на работу учительницей начальных классов и не закончила колледж, что лишало ее права устраиваться на другую работу.

Эмили была готова выполнять любую работу и выразила желание поработать в коровнике или свинарнике, но Парвати отговорила ее.

Эмили подала заявление на работу уборщицы в школу, принадлежащую их приходской церкви. Зарплата поступала от правительства, но она не могла заплатить крупную взятку епископу, который был управляющим школой. Джордж Мукен сказал Эмили, что в государственной школе, расположенной примерно в двух километрах от их дома, есть вакансия уборщика, и Эмили подала заявление на эту работу. В течение трех месяцев Эмили получила предписание о приеме на работу от сотрудника отдела образования.

Викарий был недоволен Эмили, когда она устроилась на работу в государственную школу. Она объяснила приходскому священнику, что ей было трудно внести пожертвование в церковь.

Тем не менее, в государственной школе не было необходимости платить какую-либо фиксированную плату, поскольку критерием для назначения была ее квалификация.

Когда Тому Кунжу исполнилось пять лет, он начал посещать церковную школу, которая находилась всего в пяти минутах ходьбы от дома. Джордж Мукен пожертвовал викарию десять тысяч рупий, чтобы получить место в школе. Тома Кундж был жизнерадостным ребенком, хорошо успевал в учебе и внеклассных мероприятиях. Как и его мать, он хорошо говорил на малаяламе и английском языках; многие учителя завидовали ему.

Тома Кундж наслаждался поездкой на спине, обхватив Куриена руками за шею и обхватив ногами за талию. Куриен любил носить его на спине, когда у него было время. Эмили часто громко смеялась, наблюдая, как отец и сын катаются верхом.

Каждые три месяца семья ездила в Каннур и Талассери, проводила долгие часы на пляже и играла в мячи на песке. По вечерам они смотрели малаяламские и голливудские фильмы, останавливались в отеле и любили ужинать вне дома.

Дважды они ездили в Коттаям и останавливались у Мариам, и она никогда не забывала вручить Тому Кунжу и Эмили сумку с подарками, включая одежду. Но внезапная кончина Мариам положила конец их поездкам в Коттаям.

Тома Кундж любил и Куриен, и Эмили. Каждый вечер он ждал возвращения отца после долгих часов работы в свинарнике. Дважды в неделю Куриен ездил с водителем в Бангалор, Майсур и другие отдаленные места штата Карнатака, поскольку Куриен руководил распределением свинины во многих местных ресторанах и отелях. Он никогда не забывал покупать подарки для Тома Кунджа, особенно книги по науке и технике.

Куриен был лучшим другом Тома Кунджа, а Эмили была его родной сестрой. Он поделился с ней своими желаниями и ожиданиями, и Эмили жадно слушала его. После внезапной смерти Куриена Эмили обсудила с Томой Кунджем их семью, финансовое положение и планы. Когда ему было двенадцать, Эмили поделилась с ним своим прошлым, которое хранила в глубокой тайне. Эмили уважала Тома Кунджа и думала, что к двенадцати годам он станет зрелым человеком, способным разбираться в сложных человеческих проблемах. Тома Кундж был рядом со своей матерью во всех ее тревогах и беспокойствах.

Тому Кунжу понравилось, как выглядела Эмили. Она обладала редким обаянием, и он считал свою маму красавицей. Ему нравилось расчесывать ее короткие волосы, которые выглядели темными и прелестными.

Эмили была активным членом женской группы по соседству. Женщинам нравилась ее способность говорить и выражать свои идеи понятным языком. Она посетила много домов и стояла рядом с женщинами и девочками, чтобы решить некоторые из их проблем, таких как алкоголизм их мужей и насилие в семье, жертвами которого в основном становились женщины.

Каждое воскресенье днем Эмили возила Тома Кунджа в Дом престарелых в городке, расположенном примерно в двенадцати километрах от их дома. У Эмили был двухколесный велосипед, и она управляла им без особых усилий. В Доме престарелых проживало около шестидесяти пяти человек, в основном овдовевшие и отвергнутые женщины. Большинство женщин были в возрастной группе от шестидесяти пяти до восьмидесяти лет. Многочисленные добровольцы посещали этот дом для выполнения добровольной работы. Эмили убрала и протерла полы в столовой, гостиных, спальнях и туалетах. Иногда она стирала одежду заключенных в стиральной машине, принимала ванны и вытирала их тела полотенцами. Тома Кундж всегда был с Эмили и помогал своей матери по работе. Он проникся симпатией и любовью к пожилым людям и пытался понять их эмоции, особенно тоску, беспокойство, грусть и огорчение безысходности. Он знал, что овдовевшие женщины были изгнаны из своих домов сыновьями, а некоторые вели жалкую жизнь на углах улиц. Большинство витрин хранились в учреждениях их близкими родственниками, в первую очередь их детьми. Тома Кундж с сочувствием слушал их истории. Эти женщины столкнулись с целым рядом проблем: они пережили своих мужей, дети обосновались за границей, а некоторые женщины передали все свое имущество детям, надеясь, что те позаботятся о них в старости.

Близость и родство с теми, кого отвергли, повлияли на Тома Кунджа в достижении его цели в жизни - самоотречения. Он чувствовал себя единым целым со всеми обитателями дома; их истории были его историей, их боль была его болью, их надежда была его надеждой, а их радость была его радостью. Его восприятие цели человеческой жизни проистекало из совокупности его опыта общения с другими людьми, и оно росло подобно баньяновому дереву, дающему тень каждому. Он преодолел свое существование и принял чувства других, развивая в себе равную ответственность за благополучие другого, поскольку между ним и другими не было никакой разницы.

Тома Кундж забыл себя; он эволюционировал как другой.

Вдохновение Эмили в эмоциональном и психологическом росте Тома Кунджа проявлялось в его словах и действиях. Он вырос без доминирующего эго, которое формировало его жизнь и будущее. Эмили была центром его притяжения; ее привязанность к другим, простота, смелость и прямота очаровывали его.

Эмили была избрана членом местного приходского совета как одна из представительниц женщин. В состав правления входили три женщины и семь мужчин. Две другие женщины были монахинями из женских монастырей, которые были учительницами в приходской школе. Монахини всегда демонстрировали превосходство, поскольку были выпускницами и учительницами. Они относились к Эмили как к неприкасаемой женщине без какого-либо статуса в обществе. Они завидовали, поскольку Эмили была лучшим оратором и могла эффективно излагать свои идеи. Они завидовали, потому что Эмили лучше знала английский и ничего не боялась; она открыто высказывала свое мнение.

Священник отговаривал женщин от выступлений на заседании приходского совета, а монахини хранили глубокое молчание. Всякий раз, когда Эмили хотела поговорить, викарий напоминал ей, что собрание предназначено для мужчин, а работа женщин - слушать викария. Эмили выразила свое несогласие со священником, и постепенно у викария вошло в привычку высмеивать Эмили за то, что она не читала Библию, чтобы знать положение женщин в церкви. Большинство мужчин согласились со священником и отчитали

Эмили за ее самоуверенное поведение. Они сказали, что женщина не должна быть дерзкой перед приходским священником.

Священник взял Библию и прочитал первое послание Святого Павла к Тимофею:

"Я не позволяю женщине учить мужчину или брать на себя власть над ним; она должна вести себя тихо".

Прочитав отрывок, священник сказал, что женщины занимают лишь подчиненное положение в церкви и обществе. Они должны были повиноваться мужчинам, особенно приходскому священнику.

Эмили ничего не сказала. Она хранила задумчивое молчание.

В другой раз Эмили хотела рассказать о девочках в приходе, которым было отказано в обучении в колледже, поскольку многие родители предпочитали высшее образование своим сыновьям. Священник попросил ее закрыть рот, сказав, что ей следовало хранить молчание в своей семье и церкви. Ей не разрешалось говорить, но она должна была подчиняться.

Эмили сказала священнику, что он все еще находится в Средневековье; мир кардинально изменился за прошедшие столетия, и женщины обрели имя и славу. Кроме того, ни одна культура или цивилизация не смогла бы выжить без участия женщин.

Приходской священник яростно жестикулировал и кричал на Эмили. Две монахини и почти все мужчины поддержали викария в жестоком обращении с Эмили. Но Эмили сказала священнику, что он был худшим женоненавистником, которого она когда-либо видела. Священник пришел в ярость и исключил Эмили из приходского совета. На следующем заседании в комитет была избрана еще одна монахиня.

Это никак не повлияло на Эмили, и она обсудила все с Куриеном, который сказал ей, что они могли бы жить без церкви и Бога. Несмотря на то, что и то, и другое оказывало существенное влияние на человеческую жизнь, было легко жить без них, если они решали отказаться от них. Рассматривайте религию и Бога как мифические и суеверные, деспотичные и патриархальные, порочные ответвления эволюционного процесса культуры. Мужчины создали религию для мужчин, чтобы угнетать женщин и держать их в рабстве и сексуальном присвоении. История показывает, что мужчины использовали религию как оружие для подавления здравомыслящих голосов, социального прогресса и демократии. Религия всегда была против демократии и просвещения. Эмили с интересом слушала Куриена, поскольку ее муж понимал стремление женщин к свободе и равенству, особенно его жены. Он стоял рядом с ней, как скала, в ее невзгодах.

Эмили и Куриен любили и дорожили обществом друг друга, и Тома Кундж извлек из них основные уроки привязанности. Их присутствие обогащало его, и он внимательно наблюдал за ними, за их словами и поступками. Они всегда были для него источником вдохновения.

Следуя за своими матерью и отцом, Тома Кундж разработал философию жизни вне эгоизма. У каждого было место для достойного существования, поскольку он любил делиться подарками от своих родителей, Джорджа Мукена и Парвати, с другими учениками своей школы. С детства он тоже понимал других, у него были боли и огорчения, тревога и грусть, и они могли негативно повлиять на жизнь каждого, и он был обязан помочь им дорожить своей жизнью. Он отказывался лгать и воздерживался от причинения боли другим. У других студентов было такое же желание, как у него, похожие чувства, которые он хранил в своем сердце, и похожие тревоги, которые он носил в себе. Он заметил, что почти все мальчики и девочки вели себя с состраданием и вниманием вплоть до четвертого класса. Как только они переходили в пятый класс или достигали десятилетнего возраста, они неуклонно теряли эмпатию и невозмутимость. У Тома Кунджа было желание оставаться таким, каким он был, практикуя то, чему он научился у своих родителей, и те ценности, которые они ему привили. Но это создавало напряжение и конфликты в его жизни, поскольку другие смотрели на него с сомнением, отпускали озорные замечания в его адрес и иногда делали его жертвой коварных планов.

Когда он путешествовал с родителями или один, он был вежлив со своими попутчиками; иногда его поведение истолковывалось превратно. Он понял, что ему не следует быть слишком дружелюбным с другими, особенно с незнакомцами. Тома Кундж совершал свой первый рейс из аэропорта Каликута в Кочи, и он был ошеломлен, увидев, как пассажиры толкают друг друга локтями ко входу в самолет. Такое же поведение было замечено во время высадки, которую он наблюдал в больших городах и на рынках. Основное человеческое поведение было одинаковым во всех ситуациях и не могло быть изменено, поскольку люди вели себя как животные в экстремальных условиях. Тома Кундж узнал, когда прочитал историю жертв авиакатастрофы в Андах, что нет никакой разницы между действиями высокообразованных, могущественных, богатых, влиятельных людей и неграмотных, слабых, бедных и не оказывающих никакого влияния. Некоторые пассажиры выжили до прибытия поисковых групп, прибегнув к каннибализму.

То Заключеннй
Тишина

Тома Кундж не мог согласиться с теми, кто поддерживал позицию капитана Дадли с "Резеды", который вместе с двумя своими матросами убил и съел юнгу Ричарда Паркера. Они потерпели кораблекрушение в Южной Атлантике, и у них девятнадцать дней не было еды. Убить и съесть юнгу было их единственным выходом. Тома Кундж размышлял о природе законов, управляющих коллективной жизнью людей. Он разработал систему ценностей, согласно которой конкретные обязанности и права должны вызывать уважение общества по причинам, не зависящим от социальных последствий. Люди биологически эгоцентричны и ведут себя ради своего блага, как и любое другое животное, но Тома Кундж хотел быть другим; он хотел жить бескорыстно, уважая чувства других.

Тома Кундж стал одиноким и молчаливым, сталкиваясь с правонарушениями повсюду, особенно в школе. Его друзья становились все более и более застенчивыми, заинтересованными в саморазвитии и, следовательно, унижающими других. Большинство учителей поощряли индивидуальность и личные достижения; Тома Кунджа это огорчало. Когда его выбрали для участия в параде по случаю Дня Республики, почти все его друзья сплетничали против него вместо того, чтобы хвалить и подбадривать его. Внезапно он стал объектом их зависти, но что касается Тома Кунджа, то он никогда ничего у них не отнимал, не говорил о них плохо и не причинял им боли.

Он видел большую пропасть между собой и своими друзьями, которую было трудно преодолеть.

"Он сын дворника, и как они могли выбрать его?" - спрашивали некоторые. Для них критерием отбора был статус родителей, социальное происхождение и финансовые условия.

"Его покойный отец работал на свинарнике, и он участвует в параде по случаю Дня Республики", - также прокомментировали несколько учителей.

Тома Кундж почувствовал жалость к своим учителям. Их представление о человечестве было узким, ограниченным, принижающим системы ценностей и лишенным самоуважения.

Стандарт для измерения человеческих способностей и человечности был другим. Учителя и ученики не рассматривали это как коллективное достижение, общий повод для празднования и счастья. Вместо этого они вселяли ненависть и ревность. Тома Кундж не отбирал ничего, что было дано кому-то другому; его выбор для участия в параде в честь Дня Республики был основан на четком, конкретном и уверенном выборе, и он выполнил эти требования. Тем не менее, Тома Кундж не считал себя более достойным, поскольку заслуги не должны были быть принципом отбора, поскольку это было результатом определенного социального и психологического фона, которого другие, возможно, не получили. Таким образом, усилия не были поводом для признания заслуг.

Но Тома Кундж испытал неприятие со стороны своих друзей из-за своего происхождения и заслуг; и то, и другое не было его творением, и он хотел осудить и то, и другое. Его жизнь была экспериментом, направленным на то, чтобы стать другим; он жаждал иного восприятия жизни и наблюдал за событиями через бескорыстную призму бытия. Никто не учил его этому, но это было просветление, новое осознание, и главное было не причинять никому вреда. Он не хотел лгать или защищаться и предпочел промолчать. Потеря отца сформировала его в этом новом процессе эволюции. Он ставил себя на место других, и другие не видели в нем бескорыстного человека, или им не удавалось быть бескорыстными и не эгоцентричными.

Для Тома Кунджа это была борьба, такая же, как борьба Эмили с приходским священником. Это было болезненно и трудно забываться, так как саморазвитие требовало постоянных тренировок. Он наблюдал за другими, узнал, что у каждого человека есть цель в жизни, и стремился к ее достижению. У каждого было печальное и счастливое прошлое; они были такими же болезненными или драгоценными, как и его собственное.

Работа с его матерью Эмили в Доме престарелых была метанойей; она изменила его разум, сердце и образ жизни. Он начал видеть других в себе и себя в других. Но однажды он разозлился на другого человека, и это кардинально изменило его жизнь. Он никогда не собирался бить Аппу; тем не менее, это произошло. За это были болезненные наказания. Прилагать все усилия к мирному сосуществованию было недостаточно; враги могли появиться из ниоткуда. Это случилось и с Эмили тоже.

Викарию не нравилось, что Эмили задает вопросы на заседании приходского совета. Несмотря на то, что он исключил ее из состава совета, в глубине души он затаил на нее обиду. Всякий раз, когда представлялась возможность, он пытался публично унизить Эмили. Но Эмили умела говорить логично и смиренно, разоблачая высокомерие и невежество священника. Викарий подумал о том, чтобы поставить ее в неловкое положение во время своей воскресной проповеди, когда у нее не будет возможности поговорить. Викарий знал, что Эмили регулярно посещает воскресные службы, и планировал отчитать Эмили во время своей проповеди. Его воскресные беседы были в основном из Евангелий и посланий апостолов, и в течение многих воскресений он искал цитату из Святого Павла.

В то воскресенье читалось из одиннадцатой главы первого послания к Коринфянам, и его проповедь была посвящена этому чтению. Ясным голосом он повторил то, что прочитал.

"Человек - это слава Божья, и по этой причине ему не следует покрывать голову. Женщина - это слава мужчины". Затем он посмотрел на верующих, собравшихся в церкви, и его глаза искали Эмили, как свирепый белоголовый орел, охотящийся за кроликом. Она сидела на втором ряду скамей; в церкви она никогда не покрывала голову, обнажая свои короткие волосы.

Словно обращаясь к преданным, он продолжил свою проповедь: "Женщина должна покрывать голову".

Эмили была единственной женщиной, которая отказалась покрывать голову в церкви, и она поняла, что священник говорил о ней. Женщины и мужчины смотрели на Эмили со злобным любопытством, а некоторые начали сплетничать. Священник был счастлив, что Эмили и прихожане поняли более глубокий смысл того, что он сказал.

Еще раз взглянув на Эмили, священник сказал:

"Это позор для жены - стричь свои волосы".

После нескольких секунд молчания священник заговорил снова:

"Если мужу недостает изящества, то то, что делает жена, - это его слава".

Священник был нацелен на ее покойного мужа. Куриен не был верующим и никогда не посещал службу в церкви. Со стороны священника было нерелигиозно плохо отзываться о человеке, которого больше нет, да еще стоящем за кафедрой. Злодеяние не имело границ, и викарий мог стать очень неприятным, как только получал неограниченную власть, а зрители не могли отреагировать, и им было запрещено противодействовать. У Куриена было золотое сердце, и он был дворянином в противоположность священнику. Сердце Эмили горело, а кровь кипела. Но общество не позволяло ей реагировать, поскольку церковь была освященным местом, где священник претворял хлеб и вино в тело и кровь Христа в память о тайной вечере и распятии. Священнику не следовало злословить о покойнике и внешности его жены. Прическа была личным выбором женщины, выражением ее свободы и равенства; ни один священник, ни одна церковь не имели права отрицать это, плохо отзываться об этом.

Куриен не возражал против того, чтобы Эмили подстригала волосы; он был рад видеть ее прическу и всегда поощрял ее быть свободной женщиной в соответствии со своими потребностями и выбором. Глядя на священника,

Эмили хотелось рявкнуть: "Закрой свой грязный рот, не говори плохо о женщинах", но она сдержалась. В первом веке безумец из Тарса, греческий фанатик и мужской шовинист, писал идиотские письма мужчинам Коринфа. Он хотел контролировать прогрессивных женщин, которые всегда были на шаг впереди своих мужей. Его звали Павел, и он утверждал, что является учеником Иисуса, хотя никогда не встречался с Иисусом. Но Павел превратил Иисуса во Христа, воображаемое существо, слияние человека и Бога, бесполого сына Божьего.

Павел был шутником, угнетателем, фундаменталистом, у которого был опыт подчинения женщин-подруг Иисуса, которые всегда ходили с Иисусом и слушали его притчи. Они были с ним, когда он был предан учеником мужского пола, Иудой Искариотом. Другой мужчина, Петр, убежал от Иисуса, как только Иисуса повели на Голгофу. Когда римляне распяли его, с ним были его подруги-женщины; все мужчины, кроме Иоанна, исчезли и спрятались в темноте, чтобы спастись сами. Мария Магдалина провела у его могилы три ночи, и когда он воскрес, она была первой, кто увидел его. Она была ошеломлена радостью и счастьем и назвала его "мой господин" - термин, используемый на иврите и арамейском для обозначения мужа.

Ученики Иисуса мужского пола хотели отречься от Марии Магдалины, ее мужа. Они пытались отнять у нее ее положение и ее близость и называли ее проституткой. Ученики Иисуса мужского пола отказывали женщинам в их законном положении в церкви. И Эмили подумала, что священник делает то же самое. Даже по прошествии двадцати столетий церковь продолжала жить в этом отрицании. Она хотела быть организацией женоненавистников. Эмили встала со своего места; она огляделась; все собравшиеся смотрели на нее.

- Мне стыдно за викария. Его слова не от Иисуса; он злоупотребляет кафедрой, чтобы плохо отзываться о вдове; я возражаю против его унизительных слов о моем покойном муже. Несмотря на то, что он был атеистом, он никогда никому не причинял вреда и не говорил плохо о других. Если священнослужитель верит в Бога, он несет перед Ним ответственность, - спокойно сказала Эмили и вышла.

В церкви воцарилась гробовая тишина. Прихожане смотрели на священника с недоверием, и никто не мог понять, что сказал проповедник в своей оставшейся проповеди.

Воскресная проповедь вызвала бесконечные споры, напряженность и конфликты среди прихожан, которые продолжались в течение многих месяцев. Это разделило верующих на три четкие группы: те, кто поддерживал священника, составляли наиболее значительное большинство. Они боялись священника и епископа, боялись проклятия священника, отказа от крещения, брачных церемоний и погребения на церковном кладбище. Чтобы получить работу в церковных школах, колледжах, больницах и других учреждениях, даже несмотря на то, что прихожанам приходилось платить взятки, они нуждались в поддержке и рекомендации священников и епископа. Некоторые заняли нейтральную позицию. Оскорбление женщины во время проповеди не было проблемой; они были эгоцентричны. Небольшое меньшинство решительно возражало против оскорбительных выражений священника во время его воскресной беседы. Они явно не поддерживали Эмили, но возражали против бессмысленных слов священника в адрес женщины и ее покойного мужа. Таких прихожан было всего полдюжины, и они были очень красноречивы.

Через шесть месяцев Эмили получила сообщение от епископа о том, что он желает видеть ее в городском епископстве. После смерти Куриена Эмили ни разу не ездила в город; с ней некому было поехать. Она не хотела брать однодневный отпуск в школе или просить Тома Кунджа пропустить его занятия, если он пойдет с ней. Через месяц епископ выразил Эмили свое неудовольствие через приходского священника. Он отправил письмо священнику, чтобы его зачитали во время воскресной проповеди. В своем письме епископ твердо заявил, что ни один прихожанин не должен выступать в церкви без разрешения викария. Спорить со священником или задавать встречные вопросы во время проповеди или после нее было неприемлемо, и если бы кто-то осмелился это сделать, этот человек мог бы столкнуться с экс-общением. Послание епископа было твердым и суровым предостережением для верующих. Он удобно умолчал о проступке приходского священника, который оскорбил Эмили во время своей воскресной речи.

Письмо епископа придало викарию новых сил, позволив оскорблять кого угодно, даже во время воскресной службы. Он радовался своей свободе и власти и жаждал возможности испытать их на Эмили. Он знал, что немногие открыто поддерживали вдову, опасаясь сплетен. Священник много раз репетировал свою речь, в основном в ванной. Лицо Эмили неоднократно возникало перед ним в знак скрытой признательности за ее внешность, и личное мужество наполняло его сердце. Он сознательно инициировал сексуальные фантазии о ней, обнимая и занимаясь любовью. Но он часто чувствовал себя подавленным из-за того, что не мог удовлетворить свои желания, и Эмили оставалась мишенью его психического насилия. Вынашиваемые эротические желания священника переполняли его, что ввергало его в ад страданий, разочарований и ненависти. Каждый раз, когда он подходил к кафедре, его глаза обшаривали прихожан в поисках Эмили.

Эмили много недель не посещала церковь; ее возражением было выслушивание разжигателя ненависти. Было воскресенье, вторая годовщина смерти Куриена, и Эмили подумала о том, чтобы сходить в церковь; и, как обычно, церковь была заполнена верующими. Эмили была единственной женщиной, которая не покрывала голову; ее решение было основано на отказе от навязанных ценностей, восстании против учения Павла и принуждении женщин быть рабынями мужчин. Это был также бунт против церкви, епископа и священников, которые проповедовали угнетение женщин и использовали их просто как сексуальные объекты.

Второе чтение было из Евангелия от Иоанна: "Я есмь свет миру. Тот, кто последует за мной, никогда не будет ходить во тьме, но будет иметь свет жизни". Затем священник начал проповедь, основанную на первом чтении послания Павла, игнорируя Евангелие: "Ваше тело предназначено не для сексуальной распущенности, но для Господа, и Господь для тела".

Священник помолчал с минуту и оглядел собравшихся, вглядываясь в конкретные лица. Он увидел Эмили в среднем ряду; она внимательно прислушивалась к его словам. Затем он прочитал еще одну цитату из Павла: "Каждый, кто соединяется с проституткой, становится единым целым с ее телом". Эмили подумала о неуместности этого отрывка в данном конкретном контексте, поскольку в евангельском чтении говорилось об Иисусе как свете и следовании за ним в его свете. В то время как проповедь была посвящена проституции.

Последовала долгая пауза, и священник снова посмотрел на Эмили. Затем громким голосом он сказал: "Мы отказываемся быть с проституткой среди нас". Верующие были ошеломлены и посмотрели друг на друга.

"Ваше тело - это храм Святого Духа. Почитайте Бога своим телом", - сказал он, глядя на прихожан и проверяя гамму эмоций на их лицах. "Мои дорогие люди, среди нас есть вешья. Она - черная метка в нашем приходе. Никакой вешьи не должно быть с нами." Проповедник сделал ударение на малаяламском слове 'вешья", обозначающем проститутку.

"Я приказываю вешье покинуть церковь", - прогремел священник, глядя на Эмили.

Эмили почувствовала дрожь в своем теле. Священник обвинил Эмили в сексуальном преступлении и унизил ее перед прихожанами в церкви во время воскресной мессы.

"Я не вешья; вы ложно обвиняете меня", - Эмили вскочила со своего места и заревела. Ее голос эхом отдавался в стенах церкви, и прихожане смотрели на нее с недоверием.

Затем Эмили вышла из церкви. Она не плакала, но сердце ее разрывалось на части. Перед гигантским крестом перед церковью, похожим на одинокий доисторический Стоунхендж, Эмили с минуту смотрела на обнаженное тело жертвы.

"Только мы с тобой не внутри церкви", - пробормотала она.

Иисус хранил молчание.

"Почему мы должны быть внутри, в аду ненависти и унижения?" она спросила распятого спасителя.

"Лучше быть здесь, Эмили, зависать", - услышала она, как будто Иисус приглашал ее.

"Лучше быть с тобой, обнимать тебя", - сказала она, уходя.

Дорога была пуста.

Тома Кундж готовился посещать церковь для изучения катехизиса и занятий по формированию веры для детей-католиков. На занятиях по катехизису основными уроками были Новый Завет, история о Троице, рождении и смерти Иисуса, церковь, символ веры, молитвы, таинства и мораль. Последнее слово на уроке катехизиса оставалось за викарием.

"Почему мама вернулась так рано?" он задумался.

" Мама, что с тобой случилось? Тебе нехорошо?" Он спросил.

"Ничего", - сказала она и вошла внутрь.

Эмили стала другим человеком; она потеряла интерес к жизни. Она взяла отпуск из школы на две недели, что было необычно. Это выглядело так, как будто она пыталась разгадать загадку, у которой не было решения, поскольку она не могла переварить оскорбление в церкви во время проповеди, когда присутствовали почти все прихожане. Проповедник назвал ее вешьей, самым позорным словом на любом языке, убийцей персонажа, жестокой шуткой. Священник усомнился в личности, поведении и достоинстве вдовы, матери и члена церкви. Эмили хотелось плакать целыми днями напролет; поскольку плач помог бы ей, он смыл бы ненависть, высказанную священником, дал бы возможность выплеснуть печаль и обид подобно вулкану. Она неоднократно пыталась плакать, кричать и вопиять, страстно желая сказать викарию, что он поступил неправильно, противореча духу Иисуса, выражавшемуся на протяжении всей его жизни.

Низкая самооценка угнетала Эмили и вызывала чувство отверженности, как будто она никому не была нужна. Это было чувство никчемности, как у бродячей собаки, бродящей по углам улиц в поисках жалости. Ее разум бесцельно блуждал, как бродяга, без цели в жизни, бесцельное блуждание. Ее часто тошнило, и она не могла ни есть, ни пить; отвращение и тоска охватили ее изнутри. Широко раскрыв глаза, исследуя ужасные ситуации так, словно хотела раздавить их, полностью сбросить в бездонные ущелья, она смотрела в пустоту.

Это было оскорблением для нее, надругательством над самим ее существованием, личностью, чувствами, желаниями, надеждой, семьей и жизнью. Тревога, возникшая из-за этого оскорбления, ранила ее разум и сердце. Она отказалась разговаривать даже с Томой Кунджем, который умолял ее рассказать ему, что с ней случилось. Тома Кундж обнял свою маму и сказал ей, что любит ее, заботится о ней и живет только ради нее. Эмили долго молча смотрела на своего сына. Но она выглядела растерянной.

"Мон, я больше не могу так продолжать", - сказала она.

"Расскажи мне, что с тобой случилось?" - спросил он.

"Викарий оскорбил меня во время своей проповеди", - ответила она.

"Мама, я с тобой; я попрошу его извиниться", - попытался он утешить ее.

"Он назвал меня вешьей перед всем собранием. Это разрушило мою самооценку, мое человеческое достоинство", - сказала Эмили.

- Мама, я поговорю с викарием и заставлю его извиниться. Он должен навестить вас здесь, в нашем доме, и попросить у вас прощения. Я посмотрю, он это сделает", - сказал Тома Кундж.

"Я не хочу видеть его лицо", - ответила она.

"Тогда я попрошу его выразить свое сожаление прихожанам в воскресенье", - настаивал он.

Тома Кундж побежал к церкви.

Священник бодро прогуливался по земле возле своей резиденции в лучах вечернего солнца вместе с другим священником. Тома Кундж собрал все свое мужество и сказал священнику, что оскорблять его мать во время воскресной проповеди было неправильно и что он должен выразить свое сожаление прихожанам во время воскресной службы. Священник посмеялся над ним и сказал, что его мать была вешья, поскольку Тома Кундж родилась до ее замужества с Куриеном. Тома Кундж сказал ему, что то, что он сказал, было оскорблением, убийством женщины. Не его дело было читать историю своей матери перед прихожанами. Кроме того, мать рассказала ему о его рождении. Священник сердито напомнил Тому Кунжу, что он был рожден во грехе. Тома Кундж с минуту смотрел на священника и попросил его прочитать Евангелие о рождении Иисуса, поскольку он тоже родился без отца; Мария была незамужней. Услышав Тома Кунджа, священник пришел в ярость и накричал на него, рассказывая, что рождение Иисуса было тайной, даром Божьим человечеству. Иисус был сыном Божьим и родился через Святого Духа. Мария оставалась девственницей до и после рождения Иисуса.

"Это ваше убеждение, а не мое", - ответил Тома Кундж.

"*Пода патти*", - крикнул священник Тому Кунжу.

Тома Кундж был проклятием, и Бог накажет его за непростительное богохульство, продолжал кричать священник.

Тома Кундж побежал к Джорджу Мукену и рассказал ему о том, что случилось с его матерью, и о его стычке с викарием. Джордж Мукен сказал, что он и Парвати не ходили в церковь в предыдущее воскресенье, поскольку оба были в Бангалоре со своей дочерью Анупамой.

Джордж Мукен немедленно встретился со священником и сказал ему, что его действия были неправильными и что он должен извиниться. Он пересказал Нагорную проповедь священнику, чтобы тот поучился у Иисуса. Священник посмеялся над Джорджем Мукеном и посоветовал ему не лезть не в свое дело. Мукен напомнил священнослужителю, что любовь и сострадание являются основными ценностями христианской жизни, но ему их не хватало.

Парвати и Джордж Мукен отправились навестить Эмили. Парвати обняла свою подругу, сказав ей, что она уехала со своей дочерью на неделю и не знала о несчастьях Эмили. Она заверила Эмили, что будет с ней и поддержит ее, так как считает Эмили своей лучшей подругой.

Парвати ежедневно навещала Эмили и проводила с ней долгие часы, оказывая ей эмоциональную и психологическую поддержку и уход. Парвати заметила постоянную социальную замкнутость в действиях Эмили. У нее были запреты разговаривать с другими, и она боялась поделиться своими тревогами.

Тома Кундж наблюдал у Эмили постоянные перепады настроения, помимо того, что она не интересовалась личной гигиеной и внешним видом. Нехарактерно безрассудное поведение его матери, неправильное питание, быстрая потеря веса и длительное молчание беспокоили его. Быстрые перемены настроения, признаки грусти, беспокойства, гнева и жалости к себе были заметны у его матери. Ее вид был жалким, так как веки значительно опустились, мышцы стали вялыми, голова повисла, губы опустились, щеки и челюсти опустились вниз, а грудная клетка сжалась.

Уголки рта Эмили опустились вниз, и она оставалась неподвижной и пассивной в течение многих дней. Тома Кундж обсудила проблему с Парвати, и она предположила, что Эмили, возможно, потребуется психотерапия, чтобы вернуть себе прежнее "я" и преодолеть глубокое чувство обиды. С согласия Тома Кунджа Парвати хотела отвезти Эмили в Бангалор на месяц для прохождения психотерапии.

Эмили много дней молчала и была занята очисткой кокосовых орехов. Тома Кундж недоумевал, почему его мать была необычно молчалива. Он понимал, что внутри нее что-то горит, но ему не удавалось постичь всю мощь этого вулкана. Тома Кундж сидел рядом со своей матерью и уговаривал ее заговорить. Эмили посмотрела на него, и глаза ее были сухими; они утратили свою яркость, отблеск, сияние и переливчатость.

Парвати договорилась поехать с Эмили в Бангалор в следующее воскресенье. Она обратилась к группе психотерапевтов в консультационном центре, чтобы помочь Эмили восстановить свое обычное самообладание и индивидуальность; таким образом, она смогла сконцентрироваться и увеличить свою силу воли, чтобы противостоять эмоциональным, психологическим и социальным проблемам и устранять их. Цель состояла в том, чтобы укрепить разум и расширить ее сознание, чтобы дать Эмили возможность полностью использовать свой умственный потенциал, принося эмоциональное удовлетворение и социальное благополучие. Парвати оставалась с

Эмили на протяжении всего сеанса, пока она полностью не оправилась от своей проблемы.

Ранним утром шел дождь. Как обычно, пономарь пришел в церковь, чтобы позвонить в колокол в шесть и подготовиться к воскресной службе; колокольня находилась с правой стороны церкви. Он увидел длинную белую ткань, свисавшую с креста. Он подумал, что белая занавеска со шпилей, возможно, упала на ветру. Рассвет все еще был покрыт темными пятнами, и он подошел к подножию креста и посмотрел вверх.

" Господи, " выдохнул он.

Это была женщина, свисающая с креста и обнимающая обнаженного Иисуса. Ее белое сари свалилось, блузка была порвана, плечи обнажены, и она была почти обнажена.

Пономарь побежал на колокольню и безостановочно звонил в колокол. Первыми, кто добрался туда, были монахини из близлежащих монастырей. Люди из окрестностей побежали к церкви посмотреть, что произошло, и через десять минут там собралась большая толпа. Затем появился викарий.

Кто-то побежал в сторону полицейского участка, а другие позвонили в полицию по своим мобильным телефонам.

На некоторое время в толпе воцарилась глубокая тишина. Никто не мог поверить своим глазам. Затем постепенно начались перешептывания, сплетни и громкие разговоры. Было любопытно узнать, кто была эта особа, как ее звали.

Вскоре появился полицейский фургон с мигающими фарами. Офицер приказал своим констеблям снять мертвое тело с креста. Полицейские воспользовались лестницей, чтобы подняться наверх. Тома Кундж наблюдал за ними с тревогой, так как, встав, не смог найти маму. Он искал ее по всему дому. Направляясь к церкви, он искал ее на дороге. Сари поверх креста было похоже на сари его матери. Парвати обняла Тома Кунджа, стоя рядом с ним.

Полицейские опустили труп и положили его на платформу, на которой стоял крест.

"Это Эмили", - крикнул кто-то в толпе.

"Эмили, Эмили, Эмили", - это имя распространилось подобно лесному пожару.

Тома Кундж рухнул. Джордж Мукен отнес его на руках и посадил в свою машину.

После вскрытия тело было возвращено на третий день. Поскольку Тому Кунжу было всего четырнадцать, Джордж Мукен подписал бумаги в офисе коронера и полицейском участке. Викарий отказался выделить могилу умершему на кладбище, сославшись на свод правил, согласно которым тело жертвы самоубийства не может быть похоронено в святом месте.

"Она была грешницей; ее грехи удвоились, когда она покончила с собой", - сказал викарий Джорджу Мукену.

Джордж Мукен умолял священника проявить милосердие к вдове, которой больше не было. Викарий попросил его встретиться с ним в его комнате, и Мукен понял смысл его слов. Он вернулся домой, взял пять пачек банкнот по тысяче рупий и встретился со священником в его комнате. До шести вечера священник разрешил Джорджу Мукену похоронить Эмили в Теммади Кужи, угловом участке кладбища, где хоронили грешников.

Тома Кундж, Парвати, Джордж Мукен и несколько работников фермы присутствовали на похоронах. За умерших не возносилось никаких молитв. Могильщик руководил похоронами. Тело лежало в черном гробу. Поцеловав свою мать в лоб, Тома Кундж накрыл ее тело черной тканью. Парвати положила на черную ткань букет роз, лилий и жасмина и тихо заплакала.

Тома Кундж отказывался плакать, но молчал. Парвати и Джордж Мукен пригласили его переночевать в их доме. Парвати была готова усыновить его как своего сына, однако Тома Кундж настоял на том, чтобы он вернулся домой, жил один и готовил себе еду дома. На следующий день он собрал все изображения Святого Сердца Иисуса, Девы Марии, всех святых, четки и кресты разных размеров и форм, которые Эмили собирала годами, и сжег их у себя во дворе. Он собрал пепел в пластиковый пакет и выбросил его в выгребную яму, пристроенную к свинарнику.

Тома Кундж остался сиротой, когда ему было четырнадцать. Его отец умер три года назад, но мать заботилась о нем и любила так, как будто ничего не случилось. Куриан был любящим отцом; Тома Кундж всегда любил его компанию. После смерти Куриена у Эмили возникли финансовые проблемы; зарплаты, которую она получала в школе в качестве уборщицы, было недостаточно, чтобы содержать семью. Компенсацию, которую Джордж Мукен и Парвати выплатили за смерть Куриена, она положила в банк на имя Тома Кунджа для оплаты его учебы.

Когда Куриен был жив, Эмили радовалась ежедневному присутствию своего сына. Куриен звал его Тома, а Эмили - Кундж Мон. В школе его звали Томас Эмили Куриен. Она играла с ним, танцевала, пела песни и рассказывала ему истории из тех лет, держа все при себе, пока ему не исполнилось двенадцать.

Его начальная школа находилась примерно в пяти минутах ходьбы; Тома Кундж был достаточно уверен в себе, чтобы пойти туда один. Она научила его алфавиту малаялам и английскому языку, и он выучил оба языка довольно легко.

Эмили заметила, что ее сын был разговорчив в детстве; первые четыре года у него было много друзей в школе. Он играл с ними и праздновал их детство. Тома Кундж рассказывал им истории, которые мама рассказывала перед сном. Он всегда был в компании друзей; они гуляли, играли, учились и ели вместе.

Потом его друзья начали сплетничать о нем, и это причинило ему боль. Он постепенно начал отдаляться от студентов, учителей и других людей, которые плохо отзывались о нем. Он рассказал своей маме обо всем, что произошло в школе, и она утешила его и попросила забыть обо всем, так как они ревновали.

"Носи очки, чтобы видеть хорошее", - сказала однажды мама.

А Тома Кундж носил ментальное стекло, прикрывая глаза, чтобы видеть только хорошее; он забывал говорить о ком-либо плохо и отказывался причинять кому-либо боль или защищаться. Когда мама умерла, Тома Кундж стал беззащитным.

По пути к виселице тюремщик надел Тому Кунжу на голову маску. Это была черная маска, темная, как ночь. Он ослеп и направился к виселице, не зная, что с момента обретения независимости в стране уже было повешено семьсот пятьдесят два осужденных заключенного. Еще несколько десятков, возможно, не повлияют на сознание детей Хаммурапи и Бентама. Политическая элита и бюрократы нуждались в петле, чтобы напугать безгласных, неграмотных и отверженных. Петля на шее Тома Кунджа защитила молодого министра образования.

Внезапно он оказался у виселицы, и Тома Кундж почувствовал небольшую толпу, несколько избранных, включая окружного судью, исследователей и тюремный персонал. Он не мог их видеть, потому что ему не разрешали их видеть, запрещали посещать виселицу с петлей для подвешивания. Мама никого не могла видеть, потому что перед похоронами ее накрыли черной тканью. Она пролежала в могиле двадцать два года, когда Тома Кундж был отправлен на виселицу после одиннадцати лет тюремного заключения.

ВИСЕЛИЦА

Виселицы стояли, как две безголовые пальмы, соединенные перекладиной. Тома Кундж ощущал его грозную близость, и в кромешной темноте он мог различить, где он возвышается, насколько он велик и как он встанет посреди его столбов, чтобы накинуть петлю себе на шею. Это была церемония, подобная обрезанию Адиля, кастрации Разака, изнасилованию несовершеннолетней девочки в правительственном женском общежитии или распятию Иисуса.

Виселица отрицала свободу, и Тома Кундж не мог избежать несвободы, поскольку она была неизбежна. Никакого выхода с эшафота никогда не существовало, как и самоопределения с момента рождения, бегства от смерти и автономии от миллионов других событий между рождением и смертью. Жизнь вращалась в гигантском колесе детерминизма, как футбольный матч на огромной игровой площадке, где у человека не было свободы нарушать правила. Тот, кто играл не по правилам, был вышвырнут за границу.

Тюремное заключение было антитезой свободе; в нем у человека не было выбора. Плен был подобен тоске по утраченной девственности. В изнасиловании не было свободы, не было освобождения от смерти.

Смерть была окончательным поражением. Тома Кундж не мог сопротивляться смерти; тяжелая утрата стала бы окончательной победой. Тюремное заключение было подобно тени чьей—то личности - пагубной, опасной, повторяющейся и изнуряющей.

Даже муссон в Малабаре не был бесплатным; он не мог приходить и уходить по своему усмотрению. Были гром и молния, дождь и наводнение, и казалось, что земля празднует свою свободу принимать решения.

Даже у виселицы не было свободы.

Свобода была мифом; его родители создали Тома Кунджа для удовольствия. Его биологический отец не спрашивал его, когда он решил сделать аборт. У его матери не было возможности спасти его; она не знала, как защитить его и куда обратиться для принятия родов. Куриен отнес ее к своей тете, и Мариам не имела права отвергнуть Эмили, поскольку работа медсестры не в том, чтобы отказываться от нее; она любила человечество. Жизнь Тома Кунджа была сказкой; полиция Карнатаки не спрашивала разрешения Куриена избить его, прежде чем жестоко убить, как дикого кабана. Тома Кундж потерял своего отца, который любил его как родного сына, хотя и не был ему отцом. Разак хотел, чтобы Тома Кундж провел свою жизнь с ним в Поннани, но у Тома Кунджа не было свободы отправиться в Поннани и отказаться от виселицы. Разак хотел сына, но Аким кастрировал его, чтобы защитить своих гурий в своей Машрабии. Разак, мусульманин, отказался от Аллаха и пожелал усыновить Тома Кунджа, католика, который отверг коррумпированную церковь, сжег изображения своего Бога и закопал пепел в яму для мочи свиней.

Эмили не спрашивала разрешения Тома Кунджа повеситься на кресте, обнимая обнаженного Иисуса; у Эмили не было выбора повеситься самой; викарий вынудил ее к этому, назвав проституткой. Но у нее хватило самостоятельности выбрать крест или ветку дерева. Тому Кундже пришлось прекратить учебу, так как он ударил Аппу по лицу за то, что тот назвал его мать проституткой. Аппу, возможно, слышал от своих друзей, что приходской священник назвал Эмили вещьей в своей воскресной домашней беседе. Викария заверили, что он имеет полную свободу тыкать пальцем в кого угодно во время своей проповеди. Когда Тома Кунджа уволили из школы, он не смог перейти в другую школу. После смерти Эмили ему пришлось зарабатывать на жизнь, несмотря на то, что Джордж Мукен и Парвати были готовы усыновить его как своего сына. Но Тома Кундж предпочел ни от кого не зависеть, поскольку у него не было внутренней свободы сказать "да" на их приглашение. Он предпочитал свинарник, так как ему нравился запах, который его отец Куриен приносил домой каждый вечер, а Тома Кундж любил поросячий запах Куриена, которого он называл папой.

После смерти Куриена и Эмили Тома Кундж решил вести одинокий образ жизни, и его привилегией было кастрировать свиней на свиноферме Джорджа Мукена. Тома Кундж не мог сказать "нет" Джорджу Мукену, отказавшись пойти в общежитие, чтобы починить протекающий трубопровод. У Джорджа Мукена не было возможности сказать "нет" начальнику общежития, а начальник общежития не имел права сказать MLA, что она не спасет его сына от обвинений в изнасиловании и убийстве, поскольку он был влиятельным человеком, который мог принять неблагоприятное решение в отношении нее. Его сын был молодым человеком, которому в один прекрасный день предстояло стать успешным политиком и государственным министром. Смотритель общежития поймал Тома Кунджа в ловушку; ОМС был счастлив, а его сын ликовал, хотя все они несли бремя вины. В течение десяти лет сын стал священником, который посещал школы и колледжи для девочек, советуя ученицам защищать себя от сексуальных домогательств.

Тома Кундж не имел права защищаться, поскольку считал, что самооборона не является необходимой для мирной жизни. Он чувствовал, что каждый должен защищать каждого в обществе, и кто-то должен был признать вину за изнасилование и убийство несовершеннолетней девочки. Тома Кундж молчал, поскольку знал, что не совершал преступления. Подобно кролику, обвиняемому в съедении тигренка, он был обвинен в изнасиловании несовершеннолетней девочки и ее убийстве, но не знал, что тигренка съела гиена. Тома Кундж хранил молчание, как Эмили, Разак и свиньи на скотобойне Джорджа Мукена. Несмотря на то, что он никогда не гильотинировал свинью, он мог чувствовать ее боль, огорчения и слезы, и иногда он думал о том, чтобы гильотинировать себя, чтобы спасти свиней. Он кастрировал свиней и сожалел об этом, и каждый раз перед кастрацией просил у них прощения, как палач просит прощения у приговоренного к смерти заключенного. Тома Кундж молчал, когда кастрировал свиней, но Адиль громко плакал, когда Аким кастрировал Разака. Наложницы в "Машрабии" рыдали, когда Аким искал Разака, держа голову египтянина в одной руке и меч в другой. Эти женщины гарема оплакивали Разака, а не свою сожительницу.

У Акима не было свободы, так как он должен был управлять своим гаремом. Он стал рабом своих сексуальных удовольствий и нуждался в соблюдении своих законов в пределах сераля.

То Заключенні
Тишина

Падашон Разака создал семидесяти двух гурий для правоверного в раю в награду за то, что он сражался со своими врагами, отрубая им головы. Гурии выполнили обещание Худы дать надежду и мужество изголодавшимся по сексу правоверным, вдохновив их совершить набег в темноте ночи на крошечные общины детей того, кто всю ночь боролся с Богом, разбросанные по всему оазису пустыни. Бойцы на мечах получили бы гурий в раю в качестве компенсации, если бы они погибли во время быстрых стычек, которых спящие люди никак не ожидали. Семьдесят две гурии были очаровательной компенсацией за собственную потерянную жизнь. Если бы они добились успеха, их добычей стали бы вдовы и награбленные богатства, а когда они достигли бы рая, гурии.

Милосердный никогда не думал о свободе гурий, поскольку беспомощные женщины были обречены быть наложницами на земле и гуриями в раю.

Тома Кундж не беспокоился о своем рабстве в течение одиннадцати лет, проведенных в тюрьме; он смирился с этим, поскольку кто-то должен был подвергнуться тюремному заключению и возможной казни за изнасилование и убийство несовершеннолетней девочки. Он думал о виселице, но не имел возможности увидеть ее; обреченному заключенному не давали никакой работы там, где стояла виселица. Но Тома Кундж однажды подслушал, как заключенные, отбывающие пожизненный срок, описывали виселицу как массивную балку смерти, прикрепленную к двум колоссальным вертикальным столбам. Эшафот не имел права голоса при повешении приговоренного к смерти заключенного; его обязанностью, как и обязанностью гурий, было доставлять сексуальное удовольствие правоверному в раю.

С момента основания тюрьмы использовались эшафоты, сделанные из тикового дерева, и на них были повешены десятки человек. В первые годы существования свободной Индии повешение было самым простым способом устранения преступника; это была бесплатная игра для всех. Миграция семей с низким доходом из Траванкора в Малабар в поисках земли для возделывания, ликвидации голода и нищеты, обучения своих детей и создания школ, церквей, больниц и общественных центров привела к нескончаемым конфликтам с природой и людьми. Смертная казнь ужесточилась, повешение стало обычным делом, и многие невинные погибли на виселице. Там не было никого, кто мог бы написать их истории, и никто не интересовался мертвым человеком. Виселицы из тикового дерева были такими же прочными, как мост Валапаттанам, а петля, накинутая на шею осужденного, была специально заказана в Коимбаторе, Манчестере Индии. Несколько лет назад сталелитейный завод, известный своим качеством, возвел стальную каркасную конструкцию. Виселица защищала богатых и могущественных, политиков, судей и министров, священников, пандитов, молви и бизнесменов.

В британскую эпоху преступникам не было пощады. Сотни полуобразованных головорезов из Шотландии, Уэльса, Англии и Ирландии поступили на британскую административную службу, особенно в полицию и тюрьмы, поощряя безжалостное подавление нарушений закона. Они хотели, чтобы могущественная Британская империя согревала их очаг в суровые зимы. Каждое повешение приводило к плавному росту стоимости акций Ост-Индской компании. Для британцев центральная философия системы уголовного правосудия включала в себя сдерживание и возмездие. Юристы и судьи, изучившие англосаксонскую правовую систему, быстро стали учениками Хаммурапи и Джереми Бентама, проявив недюжинный аппетит к повешению. Многие тысячи были повешены после казни Махараджи Нандакумара, сборщика налогов Ост-Индской компании в Бенгалии. Свободная Индия с радостью последовала за британской жестокостью. Раша Рагурадж Сингх, казненный девятого сентября, в год обретения страной независимости, в Центральной тюрьме Джабалпура, был первым повешенным в свободной Индии.

Тома Кундж подошел к виселице, которая стояла как святая святых, петля - ее божество, защищенное высокими стенами посреди земли площадью в один акр, облицованной гранитом, внутри охраняемой тюрьмы площадью в сто акров. Палач был его священником, тюремный персонал - прихожанами, окружной судья - певчим, а болельщицы были психологами и социологами человеческого поведения.

Черная маска, закрывавшая его голову и лицо, добавляла мрака всему миру, и Тома Кундж мог представить себе петлю, свисающую с перекладины, прочную, овальную и способную выдержать вес приговоренного. Две петли из одной горизонтальной балки для двух осужденных значительно сократили нагрузку тюремных властей. На подготовку к повешению преступника уходили месяцы, а иногда и годы, поскольку апелляции в верховный суд и к президенту отнимали много лет и откладывали смертную казнь. Даже после отклонения окончательной апелляции последовали месяцы подготовки, и нанять палача было непросто.

Виселица была самым могущественным инструментом, изобретенным людьми для подавления человеческого духа. Он обладал силой отнимать жизнь, был инструментом, позволяющим подвесить человека до смерти в ловушке, прикрепленной к перекладине. То, что одновременно сработало более одной ловушки, было благословением для судебных органов, правительства и тюремного персонала. Правительство потратило огромные средства на то, чтобы повесить осужденного, по меньшей мере в десять раз больше, чем требовалось для содержания преступника в тюрьме пожизненно.

В тюрьме преступник мог работать, зарабатывать на жизнь, содержать свою семью и стремиться к развитию страны.

Но самоубийство - это другое дело; это был выбор человека, и Эмили выбрала свою смерть.

Эмили умерла на кресте.

Смерть на кресте имела религиозную славу и духовное обещание. Но жертва должна была быть повешена, как Иисус из Назарета. Эмили повесилась и потеряла свою славу и обещание. Викарий отказался похоронить ее на кладбище, и Джордж Мукен подкупил викария за кусочек глины. Священник поместил ее в Теммади Кужи, угол грешника, и Эмили была похоронена, накрыв черной тканью, поскольку она не имела права быть накрытой белой простыней. Те, кто был покрыт белыми простынями, попадали прямо в рай, а те, кто был одет в черное, - в чистилище для очищения или в ад в вечном огне. Бог иудеев и христиан, Яхве, любил белый цвет, и гурии Аллаха носили белые абаи. Обоим не нравился черный, цвет Люцифера или Иблиса. Сыновья

Авраама ценили белый цвет, цвет ангелов, малаков и гурий.

Тело Эмили, накрытое черной простыней, было похоронено на кладбище в уголке грешника.

Не будучи грешницей при рождении, Эмили была единственным ребенком пары учителей из Тируваллы, которые преподавали английский и математику в Аддис-Абебе. Элизабет и Джейкобу не хотелось заводить ребенка, но в тридцать восемь лет Элизабет забеременела и приехала в дом Рэйчел в Тирувалле, чтобы принять роды. Через день после рождения ребенка Элизабет вернулась в Эфиопию, чтобы быть со своим мужем, даже не попросив мать воспитывать новорожденного. Рэйчел знала, что Элизабет бросила своего ребенка и не вернется, чтобы повидаться с ним.

Ее бабушка воспитала Эмили и с первого дня научила ее говорить на королевском английском. Когда Эмили было четыре года, Рэйчел научила ее писать алфавит на малаялам и английском языках. Эмили называла ее "мама".

В течение нескольких лет Рейчел работала хирургом в Бирмингеме, страдала легкой формой психотической паранойи и ежедневно конфликтовала со своим мужем Дэвидом, с которым она познакомилась, когда они учились в медицинском колледже Веллора. Психиатр из Великобритании, доктор Дэвид, развелся с Рэйчел после десяти лет брака и женился на белой женщине Маргарет, неудавшейся модели и актере. Она регулярно посещала Дэвида для прохождения психиатрического лечения.

Вместе со своей единственной дочерью Элизабет Рейчел переехала в Лондон и продолжила свою практику, затаив злобную ненависть к своему бывшему мужу и его новой жене. Она боялась темноты и думала, что ее разведенные муж и жена задушат ее в бессветные ночи. Рейчел никогда не выключала свет на ночь. Галлюцинации овладели ее разумом, и она боролась с Дэвидом, Маргарет и другими воображаемыми врагами.

В Лондоне Рэйчел разбогатела на своей практике и переехала в Тирувалле, когда ей было шестьдесят пять. Через год появилась Элизабет, и родилась Эмили.

Эмили была одиноким ребенком и росла в одиночестве.

Она выросла, слушая крики и завывания своей бабушки, особенно после захода солнца. Мама каждую ночь ссорилась со своим разведенным мужем, доктором Дэвидом, и его женой-англичанкой Маргарет, думая, что она все еще в Бирмингеме, поскольку часто видела, как он обнимает свою клиентку в своей клинике.

Иногда Рейчел проявляла агрессию по отношению к незнакомым людям во время путешествий, особенно в отелях и на курортах. Ей не нравились актеры и модели, и она думала, что все они влюблены в Дэвида. Импульсивная в своих реакциях, она оставалась отчужденной в течение нескольких дней, забывая, что Эмили была с ней. Бабушка иногда проявляла антиобщественное поведение, и Эмили испытывала сильнейший страх. Рейчел ненавидела женщин из высшего общества, которые носили модную одежду и украшения. Но Рейчел купила Эмили дорогие платья и бриллианты, не посоветовавшись с ней. Каждый день Рейчел драчливо нападала на гигантских прорезиненных кукол доктора Дэвида и его жены, которых она держала в своей спальне. Ударив их ногой в лицо, она уселась им на грудь, как борец, и несколько раз ударила их кулаками.

"Дэвид, я ненавижу тебя", - взвизгнула она.

- Я ненавижу тебя, Дэвид. Ты женился на этой суке. Я никогда тебя не прощу", - вопли становились все громче.

"Это тебе нужно психиатрическое лечение, чертов дурак", - продолжались ругательства.

У Эмили была своя спальня, и во время шума и воплей Эмили пряталась под подушками, дрожа от страха. Эмили с любопытством наблюдала, как ее бабушка полдюжины раз проверяла запертые двери, особенно по ночам. Она встала в полночь и проверила, цел ли центральный дверной замок. Сильные иррациональные стойкие чувства страха и гнева возникали у нее каждые несколько часов, заставляя ее спорить и защищаться от вымышленной критики. Часто Эмили оставалась в своей комнате, не появляясь перед мамой.

Рэйчел так и не простила своего бывшего мужа и его жену-актрису.

В течение дня Рейчел была разговорчива и попросила Эмили прочитать вслух отрывок из сборника рассказов. Бабушка поощряла Эмили читать четко и исправляла ее произношение.

Рэйчел одевалась как женщина из элитной семьи, скрупулезно следуя последним тенденциям моды в Лондоне, готовила западную еду, вела себя как британская аристократка и говорила по-английски королевы. Она водила свою машину, ездила с Эмили в Кочи, Алаппужу, Коттаям, Муннар, Тривандрум и Каньякумари и останавливалась в лучших отелях.

Когда ей было пять лет, Эмили отправили в школу-интернат для девочек в Кодайканале, где ей не нравилась атмосфера. У нее не было друзей, так как она боялась разговаривать с другими студентами. Эмили не знала, кого принять, поскольку росла одна, без братьев и сестер и родителей. Эмили выросла с пожилой женщиной, которая страдала паранойей, шизоидностью и психическим неуравновешенностью. Несмотря на то, что ее учителя относились к ней с любовью и заботой, Эмили держалась от них на расстоянии. Ее бабушка посещала школу каждый месяц, накануне Рождества и летних каникул. Ее утонченное поведение всегда было предметом разговоров среди школьных учителей, и визиты Рейчел продолжались до тех пор, пока Эмили не получила аттестат зрелости.

Эмили была хороша в учебе. Несмотря на то, что она была одинока, она была убедительным оратором и участвовала в межшкольных и внутришкольных конкурсах. Каждый год Эмили отправлялась в ознакомительную поездку со своими одноклассниками и посещала важные туристические места в Индии, Непале, Бутане и Шри-Ланке, но ни с кем не общалась.

Она познакомилась со своими родителями, когда ей было девять лет, впервые, когда гостила у бабушки в Тирувалле во время рождественских каникул. Однажды днем Эмили увидела двух незнакомцев, мужчину и женщину, выходящих из такси перед их домом. Эмили была поражена, потому что они вели себя как молодожены. Рейчел была относительно равнодушна к ним. Они не разговаривали с Эмили и не проявляли к ней никакого интереса, как будто ее никогда не существовало, и Эмили не знала, кто они такие.

"Эмили, познакомься со своими родителями, ублюдками из Эфиопии", - крикнула Рейчел из гостиной.

Последовало долгое молчание.

"Ты хочешь завладеть моей собственностью, но получишь ее только через мой труп", - проревела бабушка из гостиной.

Элизабет и Джейкоб уехали через полчаса.

- Иди к черту и никогда не возвращайся. Мне уже семьдесят пять. Дай мне немного покоя", - ревела Рейчел, когда они выходили.

Мама продолжала кричать весь вечер; она была взволнована. Она пнула кукол Дэвида и Маргарет. Крики и ругательства наполнили воздух, заглушая рождественские гимны.

Эмили была одиноким ребенком. У нее не было друзей по соседству.

В подростковом возрасте ее одиночество усилилось. Внезапно на моем лице появились полчища прыщей. Когда ей было двенадцать лет, начались менструации. Эмили этого не знала, и ей не с кем было поговорить. Повторяющиеся тревожные ощущения, сопровождающие осознание того, что внутри ее тела произошло что-то ужасное, разрушили ее эмоции и комфорт. Ее ночная рубашка была мокрой от крови, и она не могла смириться с этим, так как не знала, почему это произошло, что с ней будет и куда выбросить ночную рубашку. Она пряталась от других учеников в столовой и классной комнате и боялась стоять на общем собрании или в классе. Месячные продолжались шесть дней и эмоционально облегчили ее состояние; стыд пронизал ее голову болью внизу живота. Тошнота, спазмы и ощущение вздутия живота беспокоили ее, особенно груди. В сосках появилось ощущение жжения, и она несколько раз надавила на них. Эмили чувствовала себя усталой, слабой и вялой.

Перемены в настроении делали Эмили злой и потерянной; тревога постоянно угнетала ее, как будто она путешествовала по туннелю, которому не было конца или не было выхода с другой стороны. Она поняла, что стоит на вершине горы, и спуститься вниз не было никакой возможности; скалы были слишком крутыми и опасными. Эмили разозлилась и мысленно накричала на своих учителей, родителей, бабушку и весь мир.

Следующий менструальный цикл был через четыре месяца. Эмили была дома со своей бабушкой, которая была недоступна, так как несколько дней подряд проклинала Дэвида и Маргарет. У Эмили никогда не было возможности поговорить с мамой о биологических и эмоциональных изменениях. На третий день, после завтрака, Рейчел увидела капли крови на полу столовой, и впервые в жизни Эмили бабушка с беспокойством обняла ее и сказала, что она стала женщиной. Бабушка объяснила Эмили в самых простых словах все о тайне менструации, о месячных, о необходимости содержать тело в чистоте, о том, как пользоваться прокладкой, а также об эмоциональной и психологической подготовке, необходимой для того, чтобы справиться с этим.

В течение следующих нескольких недель бабушка каждый день объясняла Эмили о развитии яйцеклетки в ее яичнике, отторжении неоплодотворенной яйцеклетки, сперматозоидах, образующихся в мужских яичках, половом акте между женщиной и мужчиной, его биологических и психологических подоплеках, человеческом удовлетворении сексуальными отношениями и о том, как избегайте нежелательной беременности. Рэйчел считала, что секс между девочкой и мальчиком не является грехом; он никоим образом не умаляет достоинства человеческой жизни, а только усиливает его. Сексуальное взаимопонимание имело конкретные социально-психологические последствия, а также личные и общественные разветвления. Несмотря на то, что в добрачном сексе не было ничего плохого, бабушка недвусмысленно рассказала Эмили, как избежать нежелательной беременности, оттоваривая мальчика от хищнического секса. Для мамы секс был естественным биологическим явлением, связанным с эмоциональными и психологическими потребностями человека и его ростом. Эмили нужно было быть осмотрительной, вступая в сексуальные отношения с мужчиной.

"Религия и Бог не имеют ничего общего с сексом. Религия - это социальная конструкция, а Бог - миф; они не могут вмешиваться в человеческие дела. Выбросьте их оба. Секс - это чисто биологический процесс с психологическими, эмоциональными и социальными последствиями, и вы должны нести ответственность за свое тело, разум и будущее. Будь благоразумна в общении с мужчинами, - сказала бабушка, глядя на Эмили.

"Мама, я последую тому, что ты сказала", - ответила Эмили.

"Я не буду принуждать тебя, Эмили; ты несешь ответственность за свои действия", - сказала Рейчел.

Я понимаю, мама."

"Если Бога нет, люди несут ответственность за свои поступки", - сказала Рейчел.

Бабушка впервые заговорила о сексе и Боге. Эмили была благодарна ей за то, что она помогла ей понять значение биологической женственности и свободы от Бога.

Эмили поступила на два года в старшие классы средней школы в Тривандруме после окончания десятого класса; ей было пятнадцать. Школа была как для мальчиков, так и для девочек, и это была первая возможность для Эмили пообщаться с мальчиками, но она неохотно заводила с ними дружбу. У нее никогда не было возможности поговорить с мальчиком. В бабушкином доме

То Заключенний Тишина

Эмили чувствовала себя одинокой, так как никогда не встречала ни одного мальчика по соседству. Ее школа-интернат была для девочек, и все учителя и административный персонал были женщинами. Несмотря на то, что она проявляла любопытство к мальчикам, у нее никогда не было опыта общения с ними. Эмили мечтала увидеть обнаженное тело мальчика; она хотела увидеть пенис, прикоснуться к нему, почувствовать его, узнать, как он себя ведет, так как она ни разу его не видела. Эмили думала об этом много недель, и у нее была мания играть с гениталиями своего бойфренда.

У нее постоянно возникали тревожные чувства и ощущение того, что в детстве ее социальные и эмоциональные потребности не удовлетворялись так, как ей хотелось. Ей было грустно из-за того, что она была одинока, вдали от мальчиков. Отсутствие рядом мальчиков, к которым можно было бы прикоснуться и приласкать, опечалило ее, так как мальчики в классе были ей незнакомы, но они выглядели красивыми и энергичными. Но фантазии о том, что за ней следит мальчик, пугали ее, и она всегда переживала из-за своих сексуальных влечений и проводила бессонные ночи, думая о том, чтобы иметь спутников мужского пола. Депрессия и тревога угнетали ее.

В школе она не могла общаться с другими учениками и учителями, так как у нее не было лучшей подруги, с которой она могла бы поделиться своими самыми сокровенными мыслями, что помогло ей избавиться от неуверенности в себе и недостатка самоуважения.

Дома, во время каникул, большую часть своего времени она проводила в размышлениях о компании бойфренда. Поскольку маме было за восемьдесят, она не могла беспокоиться о переменах, происходящих в Эмили. Постоянно ощущая пустоту, она испытывала скрытое желание, чтобы кто-нибудь обнял ее, занялся с ней сексом и позаботился о ней. Она предпочла уединение, но была несчастлива из-за своего одиночества, хотела, чтобы у нее был любящий мужчина, который заботился бы о ней как друг, с которым она могла бы путешествовать по всему миру, говорить обо всем на свете и переживать длительные интимные моменты.

Сексуальное влечение барабанило по ее голове, как дождь по лачуге с жестяной крышей; она закрыла свою комнату и осталась внутри, чувствуя себя неполноценной, опечаленной тем, что находится внутри и в одиночестве. Ей не о чем было поговорить с бабушкой за столом; она чувствовала себя несчастной, делясь с пожилой женщиной, которая пожала ей руку, держа вилку и нож. Разные эмоции угнетали Эмили, поскольку она любила свою бабушку и ненавидела ее за то, что та заботилась о ней в детстве, поскольку лучше было задушить ее, как только она родилась.

То Заключенни
Тишина

Эмили испугалась, наблюдая, как бабушка избивает кукол. Дэвид и Маргарет, возможно, испытывали боль, когда пожилая женщина несколько раз ударила их.

Для Эмили ее средняя школа была пуста, хотя и полна учеников. Во время соревнований по ораторскому искусству она думала, что никто не будет ее слушать, несмотря на то, что зал был переполнен аудиторией, которая восхищалась ее способностью говорить убедительно, логически и убежденно. Она начала говорить, чтобы избавиться от своего одиночества, и выиграла призы, чтобы избавиться от него.

В изоляции Эмили испытывала сексуальный голод; временами это желание было неконтролируемым, что заставляло ее думать, а размышления приводили к еще большему одиночеству, сосредоточенному на друге, который мог бы удовлетворить ее сексуальную потребность. Но ее чувства не были связаны с реальностью ситуации, потому что они часто были мимолетными, как блуждающие облака, бесцельными и бесперспективными, но привязанными к ее жизни таким образом, что она пыталась убежать от нее.

Часто она испытывала ревность к другим студентам, потому что они наслаждались обществом своих друзей. Напротив, Эмили не с кем было поделиться своими эмоциями и желаниями, поскольку она была недостаточно дружна с другими людьми. Она думала, что ее ситуация никогда не закончится, поскольку она будет нежеланной, нелюбимой, неуверенной в себе и покинутой. Появилась затяжная печаль, которую она не смогла определить, но это было из-за отсутствия человека, который любил бы ее, и она хотела вернуть эту любовь. Это была бы забота, заложенная в глубоком понимании потребности в чем-то интимном.

Эмили хотела принадлежать кому-то, но боялась этого.

Ее эмоции были сосредоточены на удовлетворении ее глубоко ощущаемой потребности. Она искала мужчину, который был бы с ней, дышал бы внутри нее, чувствовал вместе с ней и создавал бесконечную страстную радость.

Оторванная от своих родителей, Эмили искала человека, похожего на отца, любовника и бойфренда. Ее родители были совершенно незнакомыми людьми, с которыми она никогда не разговаривала, и она даже не знала, что такое отцовство. Это создало непреодолимую пропасть в ее жизни, и только мужчина мог ее преодолеть. Представление об отце сформировало в ней пустоту, бесконечную пустыню, безбрежный океан тьмы, пустоту любви во всей ее полноте.

Отца для нее не существовало.

То Заключенни
Тишина

Эмили была лишена опеки своего отца, и часто она чувствовала сильную мотивацию найти человека, который мог бы принять ее.

Ею овладела тишина, и страх окутал ее, наполнив сердце и разум пустотой и тьмой без границ. Иногда она становилась олицетворением безвестности; не о чем было думать и чего ожидать, только сильное желание к кому-то, к мужчине. Все заканчивалось пустотой без надежды; некуда было идти, не было ни транспортного средства, чтобы передвигаться, ни дороги, которая вела бы. Это было похоже на мираж в пустыне, и Эмили была без сопровождения. Она не любила плакать и терпеть не могла грустить, поскольку ее жизнь была пуста, как скорлупа кокосового ореха.

Окончив старшие классы средней школы, Эмили поступила на выпускной в женский колледж в Эрнакуламе; ей было восемнадцать, и она выбрала английский, свой любимый предмет, для получения ученой степени, трехлетний курс. Рейчел было восемьдесят четыре, и она открыла для Эмили счет в сберегательном банке с первоначальным взносом в размере двадцати лакхских рупий, чтобы завершить учебу без финансовых обременений.

Эмили начала жить в общежитии и раз в месяц навещала свою маму, сильно смягчившуюся с возрастом, но по-прежнему царственную, угрюмую и молчаливую.

В колледже Эмили была членом Форума публичных выступлений и отвечала за приглашение гостей председательствовать на различных мероприятиях, организованных Форумом. На одном из мероприятий она пригласила молодого юриста Мохана, динамичного оратора, который мог лаконично сочетать юриспруденцию и литературу. Вскоре Эмили начала нравиться Мохан и восхищаться им, посещала его офис и вступала в длительные дискуссии. Эмили быстро перенеслась в новый мир мужской близости, тепла и запаха, и она благоговела перед этим, исполняя свои мечты с юности. Эмили обожала Мохана, его внешность, постоянный поток слов, общие знания, заботу и уважение к Эмили. Много вечеров она сидела рядом с ним и смотрела ему в глаза, словно одержимая его мужской энергией, могуществом и волшебством.

По выходным Эмили и Мохан посещали лучшие рестораны Кочи и проводили долгие часы в обществе друг друга. Наличные потекли рекой из ее кошелька, и она была довольна тем, что платила Мохану за то, чтобы он был доволен и взволнован. Каждый вечер он выбирал бутылку дорогого виски и радовался, что Эмили с радостью за нее платит. Впервые Эмили тесно общалась с мужчиной, и ей нравилось все в поведении Мохана, включая его внешность и запах. Ей хотелось обнять его, прижать к своему сердцу. Для Эмили было в новинку находиться с мужчиной, сжимая его в своих объятиях. Сила новых идей единения вспыхнула в ней.

Они регулярно совершали увеселительные прогулки на лодке и отправлялись в Алаппужу, Чанганассери и Кумараком. Проводить время с Моханом было для Эмили божественным переживанием.

Экстаз эмоций лишил ее дара речи; ее страсть взорвалась, когда она почувствовала, как мечты танцуют в ее животе.

Эмили чувствовала себя авантюристкой, делающей все, чтобы угодить Мохану, любопытствующей по поводу его реакции и внешнего вида. С новыми идеями о совместной жизни она рассказывала ему бесчисленные истории, забывала о других своих приоритетах, жаждала секса и мысленно наслаждалась тем, что была с Моханом обнаженной. Совокупность физических и психологических реакций в ее действиях и взаимодействиях привела ее к аддиктивной зависимости от него и более сильному желанию заниматься любовью. Ей нравилось быть раздавленной им, когда она была с ним.

Жизненная забота о Мохане зародилась в ее сердце, наполняя каждое мгновение своего существования желанием облегчить ему жизнь с помощью новейших гаджетов, даря ему дорогие вещи, которые могли бы вызвать у него улыбку. Расставляя приоритеты в своих решениях, основываясь на его симпатиях и антипатиях, она постоянно носила его в себе, как только что забеременевшая женщина, защищающая свою зиготу.

Она вспоминала, как неоднократно встречалась с ним в первый раз в его офисе, это было ошеломляющее переживание, когда она стояла рядом с ним и зарождалось прочное физическое и эмоциональное влечение и привязанность. Даже в первый день она хотела увидеть его обнаженным, на мгновение усомнившись, не утратила ли она свою ясность, согласованность.

День за днем Эмили развивалась, становясь совершенно новым человеком, испытывая эмоциональные изменения в связи с физическими изменениями; временами у нее было учащенное сердцебиение и навязчивые мысли. Ее реакция была мгновенной, но сопровождалась нервозностью, пронзительным чувством радости в сочетании с недоверием, поскольку она испытывала это так сильно. Настроения и отклики были основательными и быстро развивались, что приводило к потере здравого смысла и безумным решениям, лишенным логических результатов.

Мохан жил один в доме с видом на озеро Вембанад, и однажды вечером он привел Эмили к себе домой. Это была квартира с одной спальней, маленькой гостиной и крошечной кухней, и она ей понравилась, поскольку показалась уютной и компактной, где Эмили была наедине с мужчиной, которым восхищалась и которого любила. Она впервые занялась сексом, как только они приехали; ей нравилось обнаженное тело Мохана, то, как он обнимал, раздевал и целовал ее. Свежесть всего приковывала ее внимание, и легкая боль, вызванная сексуальным союзом, была приятным переживанием; ее одержимость сексом усилилась. На следующий день Эмили переехала к Мохану из своего общежития.

Эмили любила Мохана. Его обаяние очаровало ее, и ей нравилось, как он все делает. Занятия любовью бросали вызов ее представлениям об отношениях мужчины и женщины, и Эмили подумала о том, как ей повезло, что у нее есть такой друг, как Мохан, который так ценил ее и заботился о ней. Она задавалась вопросом, как отблагодарить Мохана за то райское блаженство, которое он ей подарил.

На следующий день Эмили отвела Мохана в автосалон и представила машину, в которой она чувствовала себя такой близкой к нему. Мохан радостно обнял ее и поцеловал в губы. Они регулярно ездили в Майсур, Бангалор, Гоа, Ути, Кодайканал и Ченнаи, и Эмили была рада потратить любую сумму для своего любимого парня.

Она была взволнована, услышав от мамы, что та перевела на ее счет еще десять лакхских рупий в качестве подарка, и Эмили поделилась этой захватывающей новостью с Моханом и сказала ему, что он может свободно пользоваться ее банком для своих нужд.

Мохан взял длительный отпуск на два месяца, сказав Эмили, что ему нравится быть с ней в первые дни близости. Он начнет юридическую практику после того, как спадет эйфория от их неразлучности. Эмили обняла его и поцеловала за заботу.

Мохан запланировал для них с Эмили зарубежный тур на Яву, Бали, Куала-Лумпур, Бангкок, Ангкор-Ват и Сайгон. Визит длился четыре недели.

Не сообщив маме из Кочи, Эмили и Мохан вылетели прямым рейсом в Куала-Лумпур, где провели четыре дня, посетив почти все известные туристические достопримечательности. Эмили любила изобретательность во всем. На Бали у них были прекрасные дни, и Эмили играла с Моханом на пляже, как маленький ребенок. Бангкок загипнотизировал ее, особенно его ночная жизнь. Тысячи белых людей, разгуливающих в минимальной одежде, привлекли внимание Эмили, и она сказала Мохану, что они, должно быть, похожи на тех туристов, когда возвращаются домой в уединении. Величие Ангкор-Вата очаровало ее, а Сайгон очаровал ее саму.

Эмили нравилась собственническая натура Мохана; он был похож на молодого отца.

Когда они вернулись в Индию, то отправились прямо в дом Мохана. Проверяя свои банковские счета, Эмили ликовала, поскольку Рейчел внесла еще пять лакхов. Несмотря на то, что она уже потратила около восемнадцати лакхов, на балансе ее банка оставалось семнадцать лакхов.

В субботу она села на автобус из Кочи в Тируваллу, чтобы встретиться с мамой. Добравшись домой, Эмили обнаружила, что в доме остановилась еще одна семья. Они сказали, что ее бабушка умерла две недели назад, и Элизабет с Джейкобом продали дом нынешним жильцам. Новые хозяева не разрешили Эмили войти в дом; она стояла снаружи и плакала, вспоминая маму.

Эмили некуда было пойти, кроме как в дом Мохана, и по возвращении она рассказала всю историю. Мохан не сказал ни слова. Много дней в доме царила тишина. Не сказав Эмили, он поехал в суд на машине и возобновил практику. Эмили начала посещать колледж, а когда вернулась, она была дома одна, и ей не с кем было поговорить. Через пятнадцать дней она почувствовала себя неловко и попросила Мохана сопроводить ее к врачу. Но Мохан заявил о своей неспособности, поскольку в тот день у него был критический случай, и он не пошел с ней.

Эмили пошла одна.

После детального диагностического обследования врач этой женщины сказал Эмили, что она беременна. Эмили испытала экстаз; теперь все изменилось, обрело новый смысл, краски и ответственность. Она ждала возвращения Мохана, и как только он появился около шести вечера, Эмили с улыбкой сообщила ему, что беременна. Она ожидала, что Мохан обнимет ее и поцелует от радости. Но он никак не отреагировал, ничего не сказал; глубокая тишина воцарилась во всех уголках дома, подорвав ее доверие к Мохану.

На следующее утро Мохан отправился в свой офис, не поставив Эмили в известность, и Эмили почувствовала себя странно; она поехала на автобусе в свой колледж. Когда Эмили попыталась перевести сумму для оплаты своих семестровых сборов, она обнаружила на своем счете всего пятьдесят тысяч рупий. Вечером, когда она сказала Мохану, что из ее банка исчезла сумма в шестнадцать с половиной лакхских рупий, он сказал, что взял деньги на какие-то неотложные нужды и был рядом, чтобы позаботиться об Эмили во всех ее нуждах.

Эмили доверяла Мохану и верила в его слова.

То Заключенний
Тишина

В то утро, после того как Эмили уехала в колледж, Мохан запер дом на новый висячий замок и отправился в свой офис. Когда Эмили вернулась из колледжа в шесть вечера, Мохан еще не вернулся со двора. Поскольку ключи от главной двери были у Мохана, она ждала. Стемнело, и Эмили ждала снаружи после десяти. Машина Мохана подъехала к дому около половины одиннадцатого. Он открыл дверь и вошел внутрь, и Эмили последовала за ним. Мохан попросил Эмили поспать в гостиной, чувствуя себя странно. В гостиной она не могла спокойно спать.

На следующий день Мохан сказал Эмили, что ей нужно сделать аборт, и он обо всем договорился в клинике по проведению абортов. Эмили не могла поверить его словам.

"Тебе всего восемнадцать, ты слишком молода, чтобы быть матерью", - сказал он.

"Но я хочу оставить ребенка", - ответила она.

"Сейчас мы не можем позволить себе завести ребенка", - сказал Мохан.

"У тебя хорошая практика, и ты достаточно хорошо зарабатываешь", - возразила Эмили.

"Мне нужны деньги, чтобы купить дом", - сказал он.

Эмили настороженно посмотрела на Мохана.

"Ты сказал мне, что этот дом принадлежит тебе", - ответила Эмили.

"Не спрашивай меня", - закричал Мохан, и угроза, скрытая в его словах, эхом отдалась в ее ушах и слилась с ее одиночеством и молчанием.

Это было предупреждение; Эмили испугалась и боролась со страхом; Мохан изменился или начал проявлять свою истинную натуру.

Эмили молчала. Но она была расстроена и хотела спасти ребенка любой ценой. Она пыталась сбежать от Мохана, но, тем не менее, у нее не было выбора. Ее банковский счет был почти равен нулю, и не было никакой возможности заработать на жизнь; ей некуда было пойти, и у нее не было родственников. Она чувствовала себя несчастной; внезапно мир изменился, и она почувствовала ужас.

На следующий день Мохан сказал ей, что в течение двух дней они переедут в новый дом, а до этого ей нужно сделать аборт. Эмили молчала.

- Говори, - повысил голос Мохан.

"Я не хочу делать аборт своему ребенку", - пробормотала она.

"Подчиняйся тому, что я говорю", - крикнул он, дважды ударив ее.

Это были сильные удары; из ее носа сочилась кровь. На несколько секунд воцарилась темнота; ей показалось, что она падает на землю. Боль была невыносимой; это был первый раз, когда кто-то ударил ее. Умываясь под краном, Эмили почувствовала вкус крови. Она прикрыла нос носовым платком, который за несколько минут насквозь пропитался кровью. Эмили громко закричала, но Мохан притворился глухим.

Она пошла в гостиную и попыталась лечь; мучительная боль и кровотечение беспокоили ее, и, пытаясь осознать правду, она на несколько минут потеряла сознание.

В тот день Эмили не пошла в колледж, но Мохан уехал в суд.

Во второй половине дня к Эмили пришла хорошо сложенная женщина. Она села за руль машины Мохана и сказала Эмили, что Мохан попросил ее отвезти Эмили в их новый дом, где он будет их ждать. Эмили все еще сомневалась, но пошла с ней. По дороге они оба не разговаривали. Женщина ехала по людному району, рынку, и через полчаса образовалась пробка на дороге. Машина остановилась еще на полчаса. Женщина проявила нетерпение и вышла из машины, сказав, что произошла авария, и прошла вперед, чтобы выяснить, может ли она ехать дальше.

Эмили выглянула в окно. По обе стороны от него располагались сотни магазинов и других заведений. Это был не жилой район, и она была уверена, что женщина везла ее в другое место.

Примерно в двухстах метрах впереди она увидела большую доску на красном фоне, на которой было написано: "КЛИНИКА АБОРТОВ". По спине Эмили пробежала дрожь; она распространилась по всему телу, разрушая ее иллюзию. Недолго думая, она открыла дверь и исчезла в толпе.

Кроме сумочки, у Эмили с собой ничего не было. Она шла быстро и свернула на боковую дорогу, часть старого Кочи. Она бежала целый час и уже была на берегу моря. Сотни рыбачек продавали рыбу, сидя на корточках на земле по обе стороны дороги. За ним виднелись большие китайские сети; палящее солнце, влажный воздух, а море было странно спокойным. Воздух наполнился запахом жареной рыбы в кокосовом масле. Она шла быстро, накрыв голову своей дупаттой, но не знала, куда идти и что делать.

Она никогда не бывала в этом районе.

Эмили была одна в этой шумной толпе, одинокая, как бездомная кошка, испуганная и робкая, и у нее не было никого в целом мире и места, которое она могла бы назвать своим. Кровь продолжала капать у нее из носа; ее пальцы были слегка влажными от крови, когда она вытирала нос. В глазах у нее потемнело, голова отяжелела; она сидела на обочине дороги, где женщина средних лет продавала рыбу. Она долго сидела так, словно не могла пошевелиться, чувствуя головокружение и недомогание. Там было несколько покупателей;

женщина была занята взвешиванием, уборкой, нарезкой и упаковкой, полностью погруженная в свою работу. Ее дочь разложила рыбу в соответствии с ее разнообразием, размером и цветом. Приходило все больше и больше покупателей, покупали рыбу и уходили, некоторые поодиночке, некоторые небольшими группами, парами; всегда шел торг. Было интересно наблюдать за ними, так как все были заняты, и у каждого было куда вернуться, кто-то кого-то ждал. Постепенно количество покупателей уменьшалось, один или двое приходили с большими интервалами, а потом и вовсе не осталось ни одного. Эмили сидела там и наблюдала за матерью и дочерью, счастливым дуэтом, полностью погруженным в свою работу. Они продали почти все, и их лавка была почти пуста, осталось всего несколько кусочков мелкой рыбы.

"Мама, пойдем, покупателей больше нет", - сказала девочка лет двенадцати, собирая остатки еды в маленькую корзинку.

"Который час?" - спросила женщина у девочки.

"Уже половина одиннадцатого", - ответила девушка.

Улица к этому времени практически опустела; несколько рыбачек ушли; они тоже собирали объедки в свои корзины и сворачивали пластиковые листы, на которых выставляли рыбу, которую продавали.

- Почему ты здесь сидишь? Вы не купили никакой рыбы?" - спросила женщина Эмили.

"Нет, я ничего не покупала", - сказала Эмили.

"Тогда почему вы здесь?" - спросила женщина.

Эмили посмотрела на женщину; ей было около сорока, она была крепко сложена и одета в свободное платье до колен. У нее были большие темные глаза, выдающийся нос и большие губы. Во время разговора были отчетливо видны ее зубы.

"Мне некуда идти", - сказала Эмили.

Женщина несколько секунд смотрела на Эмили, оценивая ее слова и внешний вид.

- Что с тобой случилось? Я вижу, как у тебя из носа сочится кровь", - спросила женщина.

"Я упала", - ответила Эмили.

К этому времени девушка закончила свою работу; корзины были целы, пластиковые листы сложены, а ножи аккуратно упакованы в кожаный мешочек и надежно завязаны.

"Если тебе негде будет спать, где ты будешь спать?" - спросила девушка, глядя на Эмили. В ее голосе слышалось беспокойство.

"Не оставайтесь здесь на ночь, это небезопасно", - сказала женщина.

Эмили ничего не сказала.

- Мама, позволь ей пойти с нами. Она может спать в нашем доме", - сказала девушка.

Женщина снова посмотрела на Эмили.

"Пойдем с нами", - сказала женщина.

Она помогла Эмили встать. Несмотря на то, что ее руки были холодными, прикосновение было теплым и твердым. Девушка пошла дальше, неся корзины, в которых она хранила кожаную сумку. В правой руке она держала два ведра, в которых лежала непроданная рыба. Женщина натянула на голову сложенную пластиковую простыню.

"Дай мне ведра, я могу их подержать", - сказала Эмили девочке.

Девушка посмотрела на Эмили.

- Я делаю это каждый день. После школы я прихожу сюда около шести вечера и сижу с мамой до половины одиннадцатого", - рассказала девочка.

"Но сегодня я могу его подержать", - сказала Эмили.

Девочка отдала ведра с рыбой Эмили, и Эмили почувствовала себя хорошо, как будто она стала частью семьи. Они шли по берегу моря около пятнадцати минут и добрались до скопления длинных сараев, всего их было шесть; в каждом приюте было по десять домиков, и мать с дочерью остановились в пятой лачуге, втором доме. Дом был выкрашен в белый цвет, содержался в чистоте, в нем были гостиная, спальня, кухня и туалет в углу.

Муж женщины был прикован к постели; он был водителем грузовика, и однажды во время муссона, поднимаясь по Западным Гатам, его грузовик упал в овраг. У него был сломан спинной мозг, и он был нетрудоспособен в течение восьми лет. Дочь ухаживала за своим отцом, как медсестра. Эта женщина была внимательна и любила своего мужа.

Женщина показала Эмили ванную. Эмили постирала свою одежду, приняла ванну с теплой водой и надела ночную рубашку, подаренную девушкой. Около полуночи они вместе поужинали теплым рисом, жареной рыбой и овощами. Эмили спала на полу в гостиной на матрасе, покрытом хлопчатобумажной простыней. Ночь была холодной, и она укрылась тонким одеялом. Эмили хорошо спала. Когда она встала около шести утра, женщина была занята на кухне, а девочка занималась. К семи они позавтракали — путту, карри кадала, банан и фильтрованный кофе. Женщина сказала Эмили, что к восьми утра она отправится на берег моря за рыбой и пойдет торговать от двери к двери, а к часу дня вернется, приготовит еду, накормит мужа и снова к трем купит рыбу и отправится в рыбный магазин. - выйдите на улицу и продавайте его до половины одиннадцатого вечера. Девочка уходила в школу около девяти и возвращалась к четырем вечера. Она будет помогать своей матери с шести лет.

Женщина приготовила два пакета с едой в бумажной коробке для ланча, обернутой белой бумагой.

"Пожалуйста, возьмите это; вы можете проголодаться; по дороге, куда бы вы ни пошли, вы можете съесть это", - сказала она.

- Большое вам спасибо. Я не знаю, что сказать, - сказала Эмили.

"Я положила в сумку пятьдесят рупий; этого хватит на ваши расходы в течение двух дней, не считая платы за автобус", - сказала женщина, протягивая ей небольшую сумку через плечо со свежей одеждой и двумя бутылками воды.

Эмили заплакала. Ее сердце наполнилось благодарностью.

- Пока, - сказала девушка.

"Хорошо проведите время", - пожелала женщина.

Эмили шла и думала о том, чтобы съездить в Алаппужу, расположенную в пятидесяти трех километрах отсюда. Она не хотела ехать на автобусе в пределах города, поэтому взяла небольшой грузовик и поехала на юг. Через час она получила еще один грузовик, отправлявшийся в Куттанад-вис-Алаппужу, чтобы привезти живых уток обратно в город. Место рядом с водителем было свободным, и он предложил его Эмили, не взимая платы. Через час они добрались до Алаппужи, и Эмили подумала о том, чтобы проехать километров десять-пятнадцать до утиных ферм.

В Куттанаде были сотни фермеров, разводивших уток. Эмили отправилась с водителем посмотреть шесть утиных дворов, где водитель купил четыреста уток. У фермера было более полутора тысяч уток, не считая примерно пятисот утят. Эмили спросила его, может ли он дать ей работу.

Фермер, его жена и двое их детей активно занимались разведением уток, а двое работников, занятых полный рабочий день, в течение дня возили уток на различные рисовые поля. Как только из яиц вылупились утята, они постоянно переезжали с одного рисового поля на другое в течение двенадцати месяцев. Многие утки откладывали яйца на полях, и рабочие собирали их в корзины. Вечером они принесли яйца обратно во двор вместе с утками. Несколько уток отложили яйца во дворе. Утки старше двенадцати месяцев продавались на мясо.

Посоветовавшись со своей женой, фермер предложил Эмили работу за ежемесячное вознаграждение в пятьсот рупий с проживанием в хижине, пристроенной к утиному двору, в которой была комната, площадка для приготовления пищи и крошечный туалет. Эмили была счастлива получить предложение о работе, и ее работа заключалась в упаковке яиц в ящики для яиц и запечатывании их с указанием названия конкретной фермы. Каждый день откладывалось около семисот пятидесяти-восьмисот яиц. Эмили должна была вести бухгалтерскую книгу по яйцам и живым птицам, проданным различным агентствам, полученным деньгам, выплаченной зарплате, приобретенным кормам и другим расходам.

Рисовые фермеры Куттанада поощряли разведение уток, поскольку это было прибыльно. Утки не нуждались в насесте, но их содержали в закрытом помещении, известном как утиный двор, примыкающем к рисовому полю и близко к дому, защищенном от хищников. Эмили нравилась эта работа, и она оставалась занятой весь день. Жена фермера была дружелюбна; она почти каждый день угощала Эмили приготовленной едой, в том числе уткой с карри, жареной рыбой и различными видами риса. Как только она узнала, что Эмили беременна, она регулярно водила ее к гинекологу для консультации и оказания медицинской помощи.

Внезапно птичий грипп распространился по Куттанаду, когда Эмили провела в семье фермера семь месяцев. Болезнь быстро распространялась, и каждый день погибали тысячи уток. Правительство направило добровольцев для отлова птиц в пострадавшем районе. На ферме Эмили практически все утки были выбракованы в течение трех дней, а их тушки сожжены в поле. Вскоре Эмили осталась без работы, а фермер потерял сотни тысяч рупий. Жена фермера сказала Эмили, что она может остаться с ней, и они возьмут на себя все расходы по ее доставке. Но Эмили не хотела их обременять и ушла от них рано утром на следующий день.

Она отправилась на лодке в Кумараком в поисках работы, так как там было много плавучих домов и ресторанов; сотни туристов из-за рубежа и из разных штатов Индии посетили туристические места вокруг заводей Куттанада. Поскольку она была беременна, многие плавучие дома и рестораны отклонили ее просьбу о работе. Эмили бродила по дороге в поисках работы до вечера. Когда стемнело, она заметила придорожный ресторан с крышей из пальмовых листьев, которым управляли женщина и ее муж. Они оба были бенгальцами. У них было двое малышей. Эмили спросила их, может ли она работать с ними, чтобы подавать чай и еду клиентам, включая мытье и чистку посуды. Супруги были добры и сказали ей, что готовы предоставить ей работу, и она могла бы там есть и спать.

В ресторане в основном подавали блюда бенгальской кухни; большинство посетителей были рабочими из Бенгалии, Одиши и Ассама, которые приходили на завтрак, обед и ужин.

Основными блюдами в меню были рис, различные рыбные блюда, различные виды сладостей и чай. Работой Эмили было подавать еду, приготовленную этой женщиной. Ее муж убирал в ресторане, мыл посуду и делал покупки. Эмили ела вместе с супругами и спала на полу. Дни, проведенные Эмили с ними, были счастливыми, поскольку ее работодатели относились к ней с уважением и заботой.

Потом приехал наряд полиции; они были безжалостны. Поскольку ресторан был построен на обочине дороги, на правительственной земле Поромпокку, полиция в течение десяти минут разобрала сарай и сожгла его. Ничего не осталось, даже посуда была уничтожена. Бенгальская пара потеряла все; их дети стояли на дороге и плакали.

Женщина обняла Эмили, заплакала и дала ей пятьсот рупий за работу в течение двух месяцев.

Эмили дошла пешком до Коттаяма, расстояние которого составляло около пятнадцати километров. В кошельке у нее было девятьсот пятьдесят рупий, и она подумывала о том, чтобы лечь там в родильный дом. Примерно через пять километров перед ней остановилась машина; женщина в машине спросила Эмили, куда она направляется, и она ответила, что едет в парк Джубили, Коттаям, так как знала, что поблизости есть пара родильных домов. Женщина помогла ей сесть в машину и через пятнадцать минут была в парке Джубили. Выйдя из машины, Эмили почувствовала усталость; ей захотелось снова сесть. Она прогулялась в парк и несколько часов просидела на скамейке. Когда Куриен, темноволосый невысокий мужчина, предстал перед ней, она поняла, что рядом есть кто-то, кто может ей помочь. Сердце Куриена было полно сочувствия. Когда полиция Карнатаки напала на Куриена и убила его, они не могли видеть энергичного хаба, который любил Эмили и Тома Кунджа; для них любовь к семье была несущественной и несуществующей. С каждым ударом по лицу, груди и животу они сооружали виселицу для Эмили, а ее эшафотом был крест, который стоял перед ее церковью в Айянкунну. Тома Кундж видел, как она склонилась над обнаженным Иисусом, который умер две тысячи лет назад на окраине Иерусалима. Куриен умер на шоссе Майсур-Каннур близ Маккуттама в лесу, а Эмили предстала перед верующими во Христа.

Виселицы Тома Кунджа были построены в независимой Индии, где безгласных осужденных за убийство вешали, но те, кто говорил громко, становились политиками и министрами. Виселица стояла там во имя Хаммурапи, Бентама и Мохана. На виселице было две петли для двух осужденных; Тома Кундж знал это, когда подслушал разговоры пожизненников об этом. Правительство использовало виселицу против своих граждан, подобно гильотине в фильме Джорджа Мукена

"Скотобойня для свиней". Но на виселице свиньями были люди.

ПЕТЛЯ

Одиссей и его сын Телемах повесили двенадцать служанок на виселице за петли, так как они думали, что их слуги были нелояльны Одиссею в его отсутствие. Учитель объяснял отрывок из "Одиссеи" в девятом классе, и Тома Кундж был внимателен.

- Кто автор "Одиссеи" и на каком языке он писал? учитель спросил Амбику.

"Автором "Одиссеи" является Гомер, и он писал по-гречески", - ответила Амбика.

К какому типу литературы относится "Одиссея"?" Вопрос был адресован Аппу.

Аппу огляделся, так как у него не было ответа. Учитель повторил вопрос и попросил Тома Кунджа ответить на него.

"Это эпическая поэма", - сказал Тома Кундж.

Кто может сказать, что было центральной темой "Одиссеи"?" Оглядев всех, учитель задал вопрос.

В классе воцарилась тишина, как будто ученики погрузились в глубокое раздумье; Тома Кундж поднял правую руку, и учитель разрешил ему говорить.

"В "Одиссее" есть три основные темы — гостеприимство, верность и месть", - объяснил Тома Кундж.

"Вы хорошо ответили; где вы этому научились?" - спросил учитель, поздравляя его.

"Моя мать рассказывала мне истории из многих эпосов: "Махабхараты", "Рамаяны", "Одиссеи", "Силаппатикарама", "Эпоса о Гильгамеше" и "Потерянного рая". Она была хорошей рассказчицей, и я извлек из нее много уроков", - рассказал Тома Кундж.

Учитель и другие ученики слушали его молча. Они знали, что Эмили умерла год назад, а Тома Кундж продолжал учебу, несмотря на депрессию. По выходным и праздникам он работал в свинарнике Джорджа Мукена, хотя Джордж Мукен и Парвати выразили готовность усыновить его. Но Тома Кундж настаивал на том, чтобы жить независимо и работать, чтобы зарабатывать себе на жизнь.

Эмили рассказала историю Одиссея, царя Итаки. В эпосах рассказывается о его борьбе за возвращение домой после Троянской войны и о его героизме, когда он воссоединился со своей женой Пенелопой и сыном Телемахом. На Гомера оказали влияние концепции судьбы, богов и свободной воли. Люди были наделены свободной волей и несли ответственность за свои поступки, что было центральной философией эпоса.

Понятие свободы воли было центральным элементом греческой мысли, оказавшим влияние на западные представления о человеческой свободе. Религии, философии, литература, юриспруденция и политика развивались и процветали на основе свободной воли. Кроме того, некоторые особые силы формировали жизнь людей, такие как благочестие, обычаи, справедливость, память, горе, слава и почет, но они были подчинены свободной воле. Было приятно слушать, как Эмили рассказывает истории, а Тома Кундж сидел рядом с ней и был поглощен ее словами.

"Мы несем ответственность за свои действия в значительной степени, но не полностью", - сказала Эмили.

"Почему мы не несем ответственности?" Тома Кундж задал вопрос.

"Мы - продукты природы и воспитания. Определенные вещи внутри и вокруг нас формируют нас; мы не можем изменить их, только принять. В некоторых аспектах нашей жизни мы являемся творцами, поэтому мы можем меняться и нести ответственность за эти действия", - пояснила Эмили.

Тома Кундж придерживался иного мнения.

Свобода воли была противоречием. Если бы люди были свободны, они были бы полны решимости быть свободными, а они не могли бы быть свободными. Если бы люди не были свободны, они неизбежно были бы несвободны, и свободная воля не могла бы существовать. Люди были подобны домашнему скоту в свинарнике Джорджа Мукена; они никогда не просили о рождении, никогда не были заинтересованы в кастрации и никогда не желали быть гильотинированными. Мир был огромной скотобойней, созданной Богом, и каждый человек был поросенком, которого нужно кастрировать, чтобы попасть на небеса. Бог сотворил небо и землю - тайна для Тома Кунджа; достаточно было либо неба, либо земли, и то и другое было ненужным. Богу следовало бы воздержаться от испытания людей на земле, прежде чем отправлять их в рай или ад. Тома Кундж беззвучно рассмеялся, когда подумал об этом, оставшись один дома.

- Ты веришь в рай и ад? - спросил я. - спросил Тома Кундж Амбику, своего лучшего друга, когда они шли в школу.

Нет, - сказала Амбика.

"почему?" - спросил Тома Кундж.

"Мой отец говорил мне, что все религии основаны на фальшивых историях, а не на исторических фактах. Как и в "Одиссее", каждая религия возникла из воображения ее авторов и основателей, как объяснил наш учитель на уроке."

"Тогда что же не подделка?" - спросил Тома Кундж.

"Для моего отца коммунизм сам по себе не является ложью. Это голос обездоленных, угнетенных, рабочих". - ответила Амбика.

"Ты доверяешь словам своего отца?" - спросил Тома Кундж.

"Конечно, он не лжет", - убежденно сказала Амбика.

Тома Кундж хотел спросить Амбику, почему его отец и его друзья совершали налеты на дома своих политических оппонентов, разрезая их на куски топорами или бросая в их дома самодельные бомбы. По всей Керале было совершено много убийств молодежным крылом, в котором активно участвовал отец Амбики, а другие принимали ответные меры или иногда инициировали насилие. Но Тома Кундж не спрашивал Амбику, так как не хотел причинять ей боль.

Отец Амбики был ведущим партийным работником Каннура, под его началом были сотни молодых людей, готовых на все ради него и его начальства. У многих из его товарищей не было работы, поскольку они всегда были заняты агитациями, протестами, поджогами общественного имущества, насилием и убийствами. Их целями были мелкие предприятия, образовательные учреждения и молодежное крыло других политических партий. Благодаря их усилиям многие предприятия в Керале закрыли свои двери, а отец Амбики и его последователи отпраздновали свою победу алкоголем и курицей тандури. Безработица и неполная занятость были необходимы для того, чтобы привлечь разочаровавшуюся молодежь в свои ряды. Они громко выступали против США и тайно пытались получить грин-карту любой ценой. Их элита часто посещала ОАЭ, европейские страны и Соединенные Штаты для ведения бизнеса и получения квалифицированной медицинской помощи. Некоторые занимались контрабандой наркотиков, золота и предметов роскоши.

Тома Кундж видел десятки молодых людей, бродивших от дома к дому с ведрами, чтобы собрать наличные и упакованную еду. К вечеру их ведра были полны. Не было никакого принуждения давать деньги, но те, кто не хотел платить, испытали на себе тактику выкручивания рук молодыми бригадами.

Амика поделилась многими историями о своем отце с Томой Кунджем, когда они вместе шли в школу. Она доверяла ему и любила его. Амбика была в классе, когда Тома Кундж ударил Аппу.

Тома Кундж был ответственен за свой поступок, заявил директор школы, когда он ударил Аппу по лицу, и у того выпали зубы. Это был первый и последний раз, когда Тома Кундж с кем-то сходил с ума. Он не мог себя контролировать; реакция была выше того, что он ожидал. Никто не поинтересовался, что спровоцировало Тома Кунджа, хорошо воспитанного юношу без истории насилия. Никому не было дела до сквернословия Аппу.

"Твоя мать была вешья", - сказал Аппу Тому Кунджу в классе, когда учитель отсутствовал. Он завидовал Тому Кунжу, так как тот был хорошим учеником, отвечал почти на все вопросы в классе и довольно хорошо говорил по-английски. Что подстрекало Аппу, так это то, что Тома Кундж мог ответить на вопросы учителя, сказав, что его мать описывала истории из разных эпосов. Аппу сгорал от ревности; он был полон решимости унизить Тома Кунджа перед всеми учениками, особенно перед девочками. Аппу знал, что Тома Кундж питает особую привязанность к Амбике, и он ждал возможности унизить Тома Кунджа перед ней. Лучшее, что можно было сделать, - это плохо отзываться о покойной матери Тома Кунджа. Аппу слышал от своего друга, что викарий назвал ее вешьей в своей воскресной проповеди. Для Аппу это было самое подходящее слово, чтобы высмеять Тома Кунджа.

Тома Кундж был выше, мускулистее и плотнее Аппу. Куриен был невысокого роста, и Аппу уже поднимал вопросы о том, почему отец Тома Кунджа не похож на него. Он громко рассмеялся, что Тома Кундж терпеть не мог, но у него не было недоброжелательства к Аппу.

- Тома Кундж, не будь высокомерным; все знают о твоих отце и матери. Даже Амбика знала, что твоя мать была вешья, - взревел Аппу, и весь класс посмотрел на Тома Кунджа. Ему не нравилось, когда кто-нибудь плохо отзывался о его родителях, особенно о его матери. Она была хорошей женщиной с золотым сердцем, любила его безмерно, и он никогда не смог бы смириться с тем, что кто-то унижает ее. Будучи олицетворением мужества, она боролась со злом в обществе, с теми, кто обманывал ее и ранил. Глаза Тома Кунджа горели яростью. Он сжал руки в кулаки; Тома Кундж со всей силы ударил Аппу по лицу.

Аппу потерял сознание, и учителя немедленно доставили его в центр первичной медико-санитарной помощи. В течение дня его отец возбудил дело в полицейском участке против Тома Кунджа, классного руководителя и директора школы. Аппу был переведен в больницу в течение одного дня и оставался там в течение двух недель. Были проведены операции по выпрямлению его зубов, десен и губ.

Директор взревел; его глаза выпучились. Это был первый раз, когда Тома Кундж оказался в своей каюте. Там было еще несколько учителей; никто не выразил никакого сочувствия Тому Кунжу, как будто назвать его мать проституткой не было злом и не имело последствий. Тома Кундж не смотрел на учителей, так как мог читать их реакцию. Там был его классный руководитель, который часто оценивал успеваемость Тома Кунджа в классе и на тестах. Но классный руководитель тоже молчал.

"Почему ты ударил Аппу?" - прогремел директор.

Аппу оскорбил свою покойную мать и назвал ее проституткой, был ответ, и Тома Кундж подумал, что это был убедительный ответ, достаточный для того, чтобы загладить свою вину. Аппу был из более обеспеченной семьи; у него были родители, которые следили за его благополучием. Но Тома Кундж был сиротой; у него не было никого, кроме Парвати и Джорджа Мукена. Те, у кого были родители, были сильнее; Тома Кундж хорошо это знал. Даже тигренок в лесу Айянкунну не мог вести осиротевшую жизнь; гиены ждали, чтобы сожрать его. Он видел слоненка примерно шестимесячного возраста, оставшегося без матери, в слоновьем лагере Дубаре близ Кушалнагары. Он был одинок и беспомощен, как человек, не знающий, что плавает в паводковых водах Барапужи. Быть способным или получать высокие оценки на тестах в классе было недостаточно; что было необходимо, так это поддержка и защита родителей. Тома Кундж был одинок, как бездомный пес или боров, которого ведут на гильотину.

"Не пытайтесь защищаться", - крикнул директор.

Тома Кундж посмотрел на него. В правой руке у него была трость.

По его спине и ягодицам наносился удар за ударом. Кто-то впервые бил Тома Кунджа тростью, и трость периодически опускалась на него, как будто сдирая с него кожу. Ни один учитель не молил о пощаде, и никому не было дела до его боли. Полдюжины взрослых самцов вопили и мычали.

Тома Кундж почувствовал себя обиженным, поскольку ни один учитель не отреагировал на избиение палками.

"Не бей меня", - взмолился Тома Кундж.

Внезапно наступила тишина. Это было похоже на тишину после раската грома.

- Что ты сказал? Как ты смеешь приказывать директору школы?" классная руководительница взвизгнула.

Классный руководитель продолжал избивать Тома Кунджа палками по плечам и груди.

- Не защищайся. То, что вы сделали, было серьезным правонарушением", - кричала классная руководительница, избивая Тома Кунджа.

"Не защищайся, не защищайся, не защищайся", - Тома Кундж слышал это эхо тысячу раз. Стены школьного здания циклически отражали его.

"Прекрати это!" - закричала Парвати, врываясь в каюту. Это был приказ.

Учителя посмотрели на нее с недоверием, и воцарилась полная тишина.

- Насколько ты бессердечен? Вы жестокие люди, избиваете ребенка, как бешеную собаку. Он сделал что-то не так, но это не значит, что вы можете создать преступную группировку, чтобы расправиться с ним. Ты не имеешь права так жестоко сдирать с него шкуру. Он сирота; это не значит, что у вас есть лицензия на его убийство." Слова Парвати были подобны ветру, налетевшему на могучего Сахьядри с небывалой силой, вырывающему с корнем деревья и сотрясающему скалы.

Парвати подвела Тома Кунджа к своему джипу и умчалась прочь.

В течение дня мировой судья суда по делам несовершеннолетних взял Тома Кунджа под опеку. Джордж Мукен и Парвати немедленно явились в суд и поручились за его хорошее поведение. Мировой судья освободил Тома Кунджа под опеку Джорджа Мукена и Парвати.

Тома Кундж был прикован к постели в течение месяца. Парвати оставалась с ним днем и ночью, готовила ему еду, кормила его и заботилась о нем. Она договорилась, чтобы врач навещал его каждый день, а домашняя медсестра ухаживала за ним.

То Заключенній
Тишина

В течение месяца Тома Кундж получил сообщение из школы, в котором говорилось о его увольнении. Вскоре Джордж Мукен примчался в школу, но директор был непреклонен. Джордж Мукен умолял директора выдать Тому Кунжу свидетельство о переводе в другую школу; тем не менее директор отклонил его апелляцию.

На этом образование Тома Кунджа закончилось; его мечтой было стать инженером, и он плакал много дней. Нелегко было представить себе жизнь без образования, получения знаний и без получения профессиональной степени. Постоянное беспокойство окутывало его чувством неудачи; это было похоже на туман, который на несколько дней окутывал Айянкунну, окружал холмы, стелился над кокосовыми пальмами и каучуковыми деревьями. Тома Кундж плакал, как поросенок, подвергнутый кастрации, поскольку не мог поверить, что его постигла худшая участь. Ему снились кошмары о борьбе с огромными существами, которые хотели насмехаться над ним. Размышляя об ответственности за свои поступки, он проводил бессонные ночи, испытывая стыд за себя. Унижение захлестнуло его, как будто он совершил что-то бесстыдное, довольно порочное, за что не было никакой расплаты. Спасения не было, и ему пришлось страдать всю свою жизнь без какого-либо искупления, поскольку бремя жизни было всепроникающим, гнетущим и гигантским.

Тома Кундж почувствовал себя раздавленным, оказавшись в тупике без всякой надежды, и испугался своей судьбы. Он хотел было оправдаться за свои действия, но слова классного руководителя обрушились на него, как град, предвестник циклона, который вырвал с корнем даже кокосовые пальмы. Временами угрызения совести из-за того, что он ударил Аппу, одолевали его в течение многих дней, и Тома Кундж неоднократно бил себя по лицу. Чувство того, что он недостаточно хорош, сокрушило его, и он закричал: "Я никогда не буду защищаться, чего бы это ни стоило". Это была клятва, клятва, данная именем его матери, Эмили.

Депрессия омрачила его мысли.

Мужчина создан для того, чтобы защищать не себя, а других. Но он бы заблудился в трясине чужого эгоизма. Люди были эгоистичны и пытались спастись сами. Это было неприятное чувство, и Тома Кундж осознавал свои эмоции, что-то постоянно горело в его груди, вулкан, который мог извергнуться в любой момент. Он задавался вопросом, было ли его решение не защищаться благоразумным, рациональным выбором. Было ли это повторением, эхом его неудач и страданий? Постоянное беспокойство по поводу своего решения разрывало его на тысячу кусочков. Он чувствовал мышечное напряжение по всему телу и испытывал трудности при ходьбе, выполнении чего бы то ни было, даже при еде и лежании. Парвати попросила его сосредоточиться на своей повседневной жизни и освободить свой разум от трагических событий, которые произошли в его жизни. Тома Кундж долго смотрел на Парвати, но у него не было слов, чтобы выразить свои тревоги и озабоченности, и временами его ум был нелогичен. Тома Кундж плакал, как ребенок, сидя рядом с Парвати. Он думал об Эмили и ощущал ее присутствие; для него Парвати превращалась в его мать.

Тому Кунджу потребовалось около шести месяцев, чтобы оправиться от депрессии, и он понял, что именно благодаря Парвати он пришел в себя. Тома Кундж вырос новым человеком и выразил Парвати и Джорджу Мукенам свое желание работать в их свинарнике. Вскоре Тома Кундж взялся за работу и освоил технику кастрации поросят, примерно по двадцать-двадцать пять штук в месяц. В остальное время он работал сантехником, электриком и бухгалтером у Джорджа Мукена.

Тома Кундж отремонтировал свой дом, построенный Эмили и Куриеном. В гостиной он повесил большую фотографию, на которой он сидит со своими родителями, когда ему было около десяти лет, незадолго до смерти отца. Перед сном он оживленно беседовал с ними, рассказывая о том, что произошло в тот день, и объясняя каждое событие. Он слышал, как они разговаривали с ним, и беседа продолжалась в течение часа.

Работать с Парвати и Джорджем Мукеном было одно удовольствие; каждый вечер Тома Кундж с нетерпением ждал встречи с ними на следующий день. За исключением праздничных дней, таких как Онам и Рождество, он извинялся за то, что не ел с ними, хотя они настаивали на том, чтобы есть каждый день. Он хотел быть независимым, ощущать свою свободу и тишину.

Тома Кундж дорожил их компанией, поскольку они любили, уважали его и доверяли ему.

Было воскресное утро. "Тома Кундж", - это был голос, которого он ждал уже несколько месяцев. Стоя во дворе и глядя на Тома Кунджа, глаза Амбики наполнились счастьем.

"Я хотел приехать и навестить тебя. Каждый день я думаю о тебе и чувствую пустоту. Много дней по дороге в школу я искал тебя. Почему ты перестал ходить в школу? У меня было тяжело на сердце после того, как я не встречался с тобой много дней. Пожалуйста, вернись в школу", - Амбика говорила много разных вещей и с трудом переводила дыхание, но на ее лице отражалась надежда.

" Амбика, мне было нехорошо. Но каждый день я думал о тебе. Я так рад с вами познакомиться", - ответил он.

"Почему бы тебе не вернуться в школу?"

"Я был деревенщиной. Я больше не студент. Директор отказался выдать мне свидетельство о переводе в другую школу", - сказал Тома Кундж. Его слова были ясными и мягкими, без ненависти или мести.

Амбика удивленно посмотрела на него, как будто не могла поверить в то, что услышала. Произошел внезапный всплеск эмоций. Он видел, как она всхлипывает, выражая свое горе.

"Тома Кундж, я люблю тебя. Когда я вырасту, я хочу выйти за тебя замуж, - сказала Амбика, глядя ему в глаза. Правда исходила из ее души и билась, как ее сердце. Впервые она заговорила о любви, причем тоже без формальностей, простыми словами.

- Я тоже люблю тебя, Амбика. Я часто думаю о тебе. Мне приснилось, что мы оба вместе переплываем реку." Тома Кундж произнес это медленно, глядя ей в глаза.

"Я буду ждать тебя, тебя одного", - сказала она, уходя.

Внезапно кто-то дотронулся до Тома Кунджа, рука которого была самой сильной, крепкой и в то же время более заботливой, чем у его родителей. Рука Божья. Он живо ощутил это, когда рука мягко повела его к конечному пункту назначения - под виселицу. Он ждал этой руки много лет, нет, целую вечность. На секунду его разум пришел в смятение, но он попытался прислушаться к голосам вокруг себя, хотя повсюду царила тишина. Это было похоже на ощущение электрического тока, вытекающего из пальца бесконечности и возвращающегося в его тело. Загипнотизированный близостью вечности, переживанием, которое бывает раз в жизни, Тома Кундж посмотрел на себя. Это был опыт сотворения, начало вселенной, появление нового Адама из глины, подобно тому, как гончар лепит горшок, успокаивающий, нежный и всепроникающий. Он был человеком, изгнанным из Эдема во тьму тюрьмы. Он был невинным человеком, который нес преступление на своих плечах, как крест на Голгофу. Рука, которая коснулась его, принадлежала палачу, и Тома Кундж знал это. Бог превратился в палача, а Тома Кундж был Христом, и он шагнул вперед, и его босые ноги почувствовали подставку для ног виселицы, которая откроется в сторону ямы, если потянуть за рычаг. Ступени эшафота были гладкими, и стоять на них было похоже на высшее достижение после одиннадцати лет ожидания. Это был финал одного года одиночного заключения, когда каждый день с трех утра до пяти часов я ждал шагов. Было любопытно прикоснуться к виселице, ощутить шероховатость петли и повиснуть в каменоломне. Палач связал ему ноги, и он чувствовал тяжесть своего тела, но чувствовал себя так, словно находился на вершине Эвереста. Перевязь вокруг ног была объятием вечности, нежным и мягоньким, но прочным и неотвратимым.

Но первое объятие Амбики было приятным, оно вызвало бурную вспышку в каждой клеточке его существа, подобно распространению сильного пожара на склоне холма, примыкающего к лесу Айянкунну.

- Тома Кундж, - позвала она. Страх пожирал ее глаза.

"Мой отец устроил мой брак". Амбика дрожала. Ей едва исполнилось шестнадцать, она училась на первом курсе высшей средней школы после десятого класса. Амбика подбежала к нему, когда он стоял на пороге своего дома.

Она крепко обняла его и захватила его губы своим ртом; ее язык пробежался по его щекам и подбородку, как молодая телка, глотающая соски и прижимающаяся носом к материнскому вымени. Его пушистые волоски, не такие темные и жесткие над верхней губой, щеками и челюстью, были влажными от ее слюны.

- Входи, - пробормотала она, втягивая его внутрь. Это был первый раз, когда Амбика оказалась в его доме. Она еще раз крепко обняла его и поцеловала в щеки.

Ее лицо и руки распухли от жестоких побоев.

- Мой отец заставляет меня выйти замуж за человека, которого я ненавижу. Он возглавляет отряд мести молодежного крыла марксистской партии", - сказала Амбика, рыдая.

"Амбика", - Тома Кундж неоднократно звал ее по имени.

"Мы убежим отсюда. Я хочу жить и умереть с тобой. Мой отец избил меня за то, что я отказалась выйти замуж за дьявола; он сделал выбор за меня. Целую неделю я был заперт в комнате". Слова Амбики были неясны, но они передавали глубокое страдание, которое она испытывала.

"Я готов, Амбика, давай поедем в Вираджпет, Гоникоппал или Мадикери. Мы можем вести там счастливую жизнь. Пойдем, мы вырвемся из этого ада. Но нам обоим всего по шестнадцать, и нам придется подождать еще два года, прежде чем пожениться, - ответил Тома Кундж, держа ее за руку и прижимая к своей груди. Он чувствовал, как ее крошечная грудь прижимается к его груди.

"Амбика!" Снаружи послышался рев.

Тома Кундж увидел группу мужчин с топорами и латами. Двое из них ворвались внутрь. Они вырвали Амбику из рук Тома Кунджа.

"Кровавая свинья, ты ответишь за свое преступление", - кричал отец Амбики на Тома Кунджа, таща свою дочь.

- Мы отрубим тебе голову, если ты пойдешь за ней. Как ты будешь за ней ухаживать? У тебя даже усов нет", - крикнул молодой человек, направляя свой грубый меч в шею Тома Кунджа.

"Тома Кундж", - рыдания Амбики звучали как шелест листьев тамаринда в сумерках перед грозой.

Молодой человек с мечом был министром образования штата Керала, когда Тома Кундж шел к виселице, и Тома Кундж не знал, что тот же самый молодой человек прятался в комнате женского общежития, когда Тома Кундж отправился чинить трубопровод в общежитии.

Смертная казнь была актом возмездия за изнасилование и убийство несовершеннолетней девочки; кем бы ни был убийца, кто-то должен был понести наказание. Или это было за то, что он обнял Амбику и ответил взаимностью на ее любовь и доверие? Это может быть для обоих. Поскольку тюремное заключение было необходимо, смерть на виселице была неизбежна; невиновный мог смыть преступление, пятно и грех. Смерть от петли была слабой компенсацией за изнасилование, удушение и убийство, но смерть была окончательной компенсацией. Тома Кундж ничего не мог сделать сыну члена ОМС, который стал министром образования в Родной стране Бога.

Он почувствовал присутствие другого заключенного, стоявшего рядом с ним, и почувствовал его тяжелое дыхание. Тома Кунджа окутал запах гарема. Там были Машрабия, наложницы в абайях, Аким, разыскивающий Разака с ятаганом в правой руке и окровавленной отрубленной головой египтянина в левой.

"Это ты, Тома Кундж?" - раздался слабый голос. Тома Кундж сразу узнал этот голос.

- Разак, - прошептал Тома Кундж.

- Я пронзил ее и ее любовника копьем, похожим на копье Акима. Шип прошел сквозь сердце; она была на четвертом месяце беременности, - голос Разака был слабым.

"Но..." Тома Кундж не смог закончить фразу.

- Аким овладел мной. В убийстве было сексуальное удовлетворение, радость кастрированного мужчины. Я был в другой тюрьме, где не было виселицы. Я добрался сюда прошлой ночью."

"Разак, мне жаль", - прошептал Тома Кундж.

"Это достижение моей жизни; я могу показать Падашону, что могу существовать без него. Мне не нужны семьдесят две гурии, - пробормотал Разак.

Внезапно Тома Кундж услышал голос окружного судьи; он зачитывал ордер. Первым был Разак, затем Тома Кундж.

Кто-то прошептал на ухо Тома Кунжу: "Прости, брат, я выполняю свой долг".

Тома Кундж почувствовал петлю на своей шее, и палач затянул ее в течение нескольких секунд. Узел был завязан у него на горле, так что Тома Кундж мог умереть мгновенно, без боли, сломав себе спинной мозг. Он был поросенком; он слышал визг своих братьев и сестер-поросят, когда палач запихивал их головы в скотобойню, многих тысяч, и это было похоже на столкновение темных муссонных туч над кофейными плантациями Дева-Мойли. Солдат стоял перед Джорджем Мукеном, лежащим на полу, со своим двуствольным ружьем, готовый разнести вдребезги голову мужа своей дочери. Пронзительный крик был похож на ужасающий вопль Мохаммеда Акима, держащего меч, с которого капала кровь египетской наложницы:

"Аллах, я отрублю голову Мулхиду".

А потом было видение. Судья предстал перед Томой Кунджем. Ему было около шестидесяти, у него были развевающиеся серебристые волосы. Стоял рядом с Томой Кунджем и мурлыкал:

- Ты мой сын, мой единственный сын. Я доволен тобой". Его голос был похож на гудок поезда.

"Нет, ты не можешь быть моим отцом", - Тома Кундж открыл свое сердце.

- Сынок, я так сильно любил тебя. Я испытывал вас в этом мире, чтобы вы обрели вечную жизнь в следующем", - попытался задобрить Тома Кунджа судья, объясняя его действия.

- Ты злой; ты мучил мою маму. Для тебя дорога только твоя жизнь, ты делаешь все для своего удовольствия, и твои решения всегда окончательны", - кричал Тома Кундж. Он задавался вопросом, откуда у него взялось мужество противостоять судье.

"Пожалуйста, прими меня как своего отца", - взмолился судья.

- Куриен - мой отец, Эмили, моя мать. Уходи, затеряйся в аду", - закричал Тома Кундж. Его голос разносился повсюду, как циклон над Аравийским морем.

Весь мир содрогнулся, как будто прогремел гром и сверкнули тысячи молний. Тома Кундж почувствовал падение гранитного креста перед церковью Айянкунну. Он раскололся на три равные части.

Амбика разговаривала с ним; она выглядела прелестно, как утренний туман над Брахмагири. Они были где-то в Кодагу, на своей кофейной плантации, и Амбика сидела с Томой Кунджем на диване, сделанном им из тикового дерева. Чудесный аромат фильтрованного кофе наполнял балкон. Ему нравился его запах, и он наслаждался присутствием своей жены; она смотрела на него и улыбалась. Их дети играли во дворе, трое из них, все девочки.

То Заключеннй
Тишина

В парадизе произошел государственный переворот. Будучи в меньшинстве, гурии освободили небеса от Аллаха и правоверных верующих мужчин, загнав их в аль-джахим, лишенный женщин для сексуального удовольствия. Там была египтянка с отрубленной головой Мухаммеда Акима у выходных врат рая.

Неожиданно Тома Кундж услышал последний крик Разака. Это было похоже на свирепую песчаную бурю в Аравийской пустыне:

"Амира".

ОБ АВТОРЕ

Варгезе В Девасия - бывший профессор и декан Института социальных наук Тата и глава кампуса Института социальных наук Тата в Тулджапуре. Он был профессором и директором Института социальной работы MSS при Нагпурском университете, Нагпур.

Он изучал Борстальскую школу при Центральной тюрьме Каннур для получения степени магистра, специализируясь на криминологии и управлении исправительными учреждениями в Институте социальных наук Тата, Мумбаи. Получив степень магистра права, он сосредоточился на уголовном праве; его магистерская диссертация была посвящена уголовному убийству. Он изучал 220 осужденных убийц в Центральной тюрьме Нагпура в Нагпурском университете для получения докторской степени. Он получил диплом в области права прав человека в Национальной школе Индийского университета в Бангалоре и сертификат о достижениях в области правосудия в Гарвардском университете.

Министерство внутренних дел, правительство Индии, опубликовало некоторые из его основополагающих научных исследований, таких как "*Сексуальное поведение заключенных-мужчин при расследовании уголовных убийств*", "*Ассоциация жертвы и правонарушителя*" и "*Взаимодействие при *расследовании уголовных убийств*", а также "*Феномен криминального убийства*" в своем Индийском журнале криминологии и криминалистики. Его статья "*Взаимоотношения жертвы и преступника при убийстве женщины мужчиной*", опубликованная в "Индийском журнале социальной работы", является широко цитируемой исследовательской работой. Он опубликовал около десяти научных справочников по криминологии, управлению исправительными учреждениями, виктимологии и правам человека.

Он автор антологии рассказов "*Женщина с большими глазами*", изданной лондонским издательством "Олимпия Паблишерс". Он является лауреатом премии "Автор года в области художественной литературы" за свой дебютный роман "*Женщины из страны Бога*", опубликованный издательством Book Solutions Indulekha Media Network, Коттаям, присуждаемой издательством Ukiyoto Publishing. Издательство "Укието Паблишинг" опубликовало его романы "*Обет безбрачия*" и "*Амайя-Будда*". Он является автором новеллы *на малаяламе* "*Дайватхинте манасум Куришутхакартхавате Кудавум*", опубликованной издательством Mulberry Publishers в Каликуте. Он живет в Кожикоде, штат Керала.

Электронная почта: vvdevasia@gmail.com

www.ingramcontent.com/pod-product-compliance
Lightning Source LLC
LaVergne TN
LVHW091634070526
838199LV00044B/1067